KB040863

이배형 여름이

2012. 2

꽃잎 한 장처럼

꽃잎 한 장처럼

오늘을 살아가는
당신을 위한
이해인 수녀의 시 편지

이해인

샘터

오늘을 처음인 듯, 마지막인 듯 살아가는

간절한 마음이 갈수록 더 필요하다

기도를 돌려드릴 차례입니다

이해인 수녀 시인님은 그 존재하심만으로도 우리에게 큰 위로와 축복을 선물하는 분입니다. 하루하루 우리의 삶은 얼마나 힘이 들고 숨이 가쁩니까. 둘러보아도 그 어디에서도 도움의 손길이 오지 않는 날, 다리가 팍팍한 날, 수녀님의 시와 글을 떠올리면 그래도 살아보아야겠다는 조그만 결의와 소망이 생깁니다.

세상의 모든 것들은 조건적이지요. 이편에서 무언가를 주어야만 저쪽에서도 무언가를 주겠다고 합니다. 하지만 이해인 수녀 시인님의 글은 반대입니다. 당신이 먼저 주시겠다 손을 내밉니다. 당신이 우리가 진 짐을 대신 져주겠다 하고, 우리의 한숨과 근심을 당신이 대신 해결해 주겠다 합니다.

아, 우리는 그동안 얼마나 오래, 얼마나 많은 순간순간을 견딜 수 없는 일들까지도 이해인 수녀 시인님의 글을 읽으면서 견디고, 참고, 기다리고, 그리워하고, 또 가슴 설레는 사랑으로 살았는지요! 이해인 수녀 시인님을 이 땅에 보내주신 신에게 감사하는 이유가 바로 거기에 있습니다.

당신이 꽃잎입니다. 당신의 글이 꽃잎이기 이전에 당신 자신이 꽃잎입니다. 꽃잎이라 해도 우리들 마음 깊이 새겨져 영원히 지워지지 않는 꽃잎입니다. 힘겨운 지구 여행길 한두 차례 수녀 시인님을 만나뵐 수 있었음을 감사와 감격으로 기억합니다. 네, 우리에게도 그렇게 좋은 시절이 있기도 했었지요.

수녀 시인님과 저는 해방둥이 동갑내기. 인생의 좋은 시절 고비가 많이 지났지만 그래도 남은 햇빛 곱게 아름답게 써먹으면서 이 땅에 좀 더 머물다 가기를 바랍니다. 저, 남쪽 하늘 아래 부산의 해운대 광안대교 건너 어디쯤, 수녀님 머물러 기도하며 사시는 수녀원이 있다는 사실은 새삼스레 우리에게 큰 소망과 위로와 기쁨을 줍니다.

　수녀님. 부디 아프지 마셔요. 더는 늙지 마셔요. 고운 웃음 잃지 마셔요. 당신과 한 나라에 한 하늘을 이고 살았던 것을 참으로 감사히 여깁니다. 당신의 기도로 우리가 하루하루 순간순간 많은 위로와 축복과 치유의 기회를 얻었음을 감사히 생각합니다. 이제는 우리가 수녀님에게서 받은 기도를 돌려드릴 차례입니다. 그렇습니다. 수녀님을 위해 기도하겠습니다.

2022년 1월

나태주(시인)

꽃잎 한 장의 기도로

어쩌다 한 번씩 새 책을 내게 되어 머리글을 준비할 적마다 설레고 기쁘지만 민망한 부끄러움 또한 살짝 고개를 들곤 합니다.

얼마 전 만난 후배 수녀가 말하기를 "제가 어디 가서 수녀님 이야길 하면 아직도 살아 계시냐고 물어요. 몇 년 전에 떠돈 가짜 뉴스 때문인가 봐요" 했습니다. 언젠가는 분명 제가 글을 쓰고 싶어도 더 이상 쓸 수 없는 그런 날이 분명 오겠지요. 그러나 지금처럼 이렇게 머리글을 쓰면서 이 책을 읽어주실 미지의 독자들을 미리 상상해 보는 일은 즐겁고 제가 아직도 지상에 살아 있는 존재임을 새롭게 각인시켜 줍니다.

《꽃은 흩어지고 그리움은 모이고》,《향기로 말을 거는 꽃처럼》,《꽃이 지고 나면 잎이 보이듯이》,《필 때도 질 때도 동백꽃처럼》 등등 제목에 꽃이라는 단어가 들어 있는 책들이 많아 이번만은 피하려고 고민하다가 다시 '꽃잎 한 장처럼'으로 제목을 정했습니다. 요즘 제가 마음에 담고 있는 꿈, 하고 싶은 말들을 가장 잘 대변해 주는 시가 바로 〈꽃잎 한 장처럼〉인 것 같아서입니다.

살아갈수록/ 나에겐/ 사람들이

어여쁘게/ 사랑으로/ 걸어오네

아픈 삶의 무게를/ 등에 지고도/ 아무렇지도 않은 척

웃으며 걸어오는/ 그들의 얼굴을 때로는

선뜻 마주할 수 없어

모르는 체/ 숨고 싶은 순간들이 있네

늦은 봄날 무심히 지는

꽃잎 한 장의 무게로/ 꽃잎 한 장의 기도로

나를 잠 못 들게 하는/ 사랑하는 사람들

오랫동안 알고 지내/ 더 이상 말이 필요 없는

그들의 이름을/ 꽃잎으로 포개어

나는 들고 가리라/ 천국에까지

– 이해인의 시 〈꽃잎 한 장처럼〉

이 책의 1부엔 더러 지면에 발표했으나 안 한 것이 더 많은 최근의 시들을 담았고, 2부엔 《그 사랑 놓치지 마라》 이후에 경향신문에 연재되었던 시 편지를, 3부엔 이런저런 기념시와 글들을 담았습니다. 그리고 4부엔 저의 일상생활을 궁금해하실 독자들을 위해 지난 1년간 메모해 둔 일기 노트의 일부를 실었습니다.

희수喜壽라고 칭하는 만 77세를 맞는 올해, 첫 서원을 한 지

54주년을 맞는 2022년 새해에도 제가 다시 선택하고 싶은 말은 언제나처럼 감사, 행복, 사랑일 뿐입니다. 오늘의 저를 있게 해준 90년 된 수도 공동체, 가족, 친지, 독자들을 사랑합니다. 특히 지난 25년간 은은한 빛깔의 기도와 응원으로 조건 없이 부족한 저를 사랑해 준 '민들레의 영토' 팬 카페 회원들에게도 이 자리를 빌려 진심 어린 감사를 드립니다. 이번에도 출간에 정성을 다해주신, 저와 오래된 인연의 샘터 출판사, 정겨운 그림으로 함께해 주신 오리여인 님, 그리고 과분한 추천 글을 써주신 시인 나태주 님, 작가 호원숙 님, '민들레의 영토' 운영자 김성래 님에게도 깊은 감사를 전합니다. '꽃잎 한 장의 기도'로 제 마음을 받아주고 읽어주실 독자분들께 이렇게 사랑의 인사를 전하고 싶습니다.

세상에 살아 있는 동안/ 우리 그냥
오래오래/ 고맙다는 말만 하고 살자

시인의 말

이 말 속에 들어 있는/ 사랑과 우정/ 평화와 기도를

시들지 않는/ 꽃으로 만들자

죽어서도 지지 않는/ 별로 뜨게 하자/ 사랑하는 친구야

- 이해인의 시 〈고맙다는 말〉 중에서

2022년 1월

부산 광안리 성 베네딕도 수녀원 '해인글방'에서

차례

꽃잎 하나

햇빛 향기

거울 앞에서

아주
오랜만에
거울 앞에 서니

마음은 아직
열일곱 살인데
얼굴엔 주름 가득한
70대의 한 수녀가 서 있네

머리를 빗질하다 보니
평생 무거운 수건 속에
감추어져 살아온
검은 머리카락도
하얗게 변해서
떨어지며 하는 말

이젠 정말
사랑할 시간이
많지 않아요
기도할 시간이
길지 않아요

나도 이미
알고 있다고
깨우쳐주어 고맙다고
웃으며 대답한다

오늘도 이렇게
기쁘게 살아 있다고
창밖에는 새들이
명랑하게

노래를 하고!

나를 부르고!

고백

칭찬과 위로를 받을 적엔
너무 기뻐
위로 위로 잎사귀를 흔드는
노래의 나무였다가
오해와 미움을 받을 적엔
너무 슬퍼
울지도 못하고
아래로 아래로
고독을 삼키는
침묵의 나무였다가

어느 날
나도 모르게
뿌리가 깊어진 걸 보고
깜짝 놀랐지

꽃잎 하나 » 햇빛 향기

둘레가 넓어진 걸 보고
행복하였지

사랑의 비밀은
기쁨보다는
슬픔 속에
은밀하게 숨어 있음을
새롭게 발견하고
푸른 하늘을
가만히 올려다보았지

시간의 새 얼굴

젊은 날엔
더디 가던 시간이
나이 드니
너무 빨리 간다고
그래서 아쉽다고
누군가 한숨 쉬며 말했지

시간은 언제나 살아서
새 얼굴로 온다
빨리 가서 아쉽다고
허무하다고 말하지 않고
새 얼굴로 다시 오는 거라고
살아 있는 내가
웃으며 말하겠다

꽃잎 하나 » 햇빛 향기

날마다 일어나서

시간이 내게 주는

희망의 옷을 입고

희망의 신발을 신고

희망의 사람들을 만난다

희망을 믿으면 희망이 온다

슬픔도 희망이 된다

아프다고 힘들다고

푸념하는 그 시간에

오늘도 조금씩

인내와 절제로 맛을 내는

희망을 키워야지

마침내는 시간의 은총 속에

나 자신이 희망으로 태어나

이 세상 누군가에게

하나의 선물로 안길 때까지!

비 오는 날의 연가

스무 살에 수녀원에 와서
제일 먼저
비에 대한 시를 썼다
풀잎 끝에 달린
빗방울이 눈부셨다
비를 맞으며
많이 웃었다

일흔 살 넘은 지금
비가 오면
몸이 많이 아파서
마음 놓고 웃을 수는 없지만

떨어지는 빗줄기
기도로 스며들고

빗방울은 통통 튀는
노래로 살아오니

힘든 사람부터
사랑해야겠다
우는 사람부터
달래야겠다

살아 있는 동안은
언제 어디서나
메마름을 적시는
비가 되어야겠다
아니 죽어서도
한줄기 비가 되어야겠다

햇빛 향기

오랜 장마 끝에
마당에 나가
빨래를 널다
처음으로 만난
햇빛의 고요
햇빛의 향기

하도 황홀하여
눈이 멀 뻔했네

다시 한번
살아 있는 기쁨
숨을 쉬는 희망

자꾸 자꾸

웃음이 나네

아아 이제
내 남은 시간들을
어찌 살라고

햇빛은
저리도 눈부신지!

꿈에 본 집

간밤 꿈에 본 집이
꿈을 깨고 나서도
자꾸 생각이 나네
길 가던 이들까지
내가 초대를 하던
아름다운 집

그 집에서 나는
잠시였지만
좋은 생각을 하고
좋은 사람들을 만나
행복하였지

요즘은 자주
지상에서 영원으로

이사 간 이들을 생각하며
나도 그 집으로
들어가게 될 날을
약간의 두려움 속에
그리워한다

집 없는 소녀가
수녀원에 와서
시의 집을 지으며
많은 이웃을 만나
울고 웃고 했으니
후회는 없다

꿈에 본 그 집이
결국은 지금

내가 사는 집이었군
빙그레 웃어보는
오늘의 행복

함께 사는 이들이
나의 집이 되어
나도 다시
집이 되는 평온

행복 일기

진정
부르면 부를수록
행복과 조금씩 친하게 되는 것일까
행복에 대한 질문을
참 많이도 받으면서
시간이 흘러가네

지금껏 나는
아파도 슬퍼도
늘 행복하다고 말했다
자꾸만 말하니
행복도 늘어나서
나는 감당을 못 하였지

행복한 이 세상을 두고

어떻게

저세상으로 떠날까

문득 두렵다가

그 나라에는

더 큰 행복이 나를

기다리고 있을 텐데 생각하며

스스로 위로하다

웃고 또 웃고……

아주 사소한 일에서

행복의 구슬을 꿰는

나를 보고 새롭게 웃어보는 날

평범함을 통하여 깨우치는 비범함이여

어리석음을 통하여 깨우치는 삶의 지혜여

병상 일기

목이 아파

자다 말고 일어난 밤

한 잔의 레몬차를 마시며

약은 먹기 싫다며

혼잣말하는데

예쁜 빛깔의 약이

나를 향해 눈을 흘기네

친구 수녀가 내 방에 들어오더니

피곤하다고 눕지만 말고

제발 좀 걸어 다니세요

누우면 죽고

걸어야 살아요

네네 알겠어요!

건성으로 대답만 할 뿐

옆에서 아무리

핀잔을 주고 충고를 해도

나는 자꾸 눕고만 싶으니

어쩌지? 정말 어쩌지?

단것을 절제하라는

의사의 충고도 무시하고

초콜릿 하나 살짝 챙겨 먹고

쑥스럽게 웃는 나

이리도 말 안 듣는 내가

스스로 한심하지만

그래도 어떻게 하나

변명할 궁리를 하며

웃음만 나오는

어느 날의 병실에서……

꽃잎 한 장처럼

살아갈수록
나에겐
사람들이
어여쁘게
사랑으로
걸어오네

아픈 삶의 무게를
등에 지고도
아무렇지도 않은 척
웃으며 걸어오는
그들의 얼굴을 때로는
선뜻 마주할 수 없어
모르는 체
숨고 싶은 순간들이 있네

꽃잎 하나 » 햇빛 향기

늦은 봄날 무심히 지는
꽃잎 한 장의 무게로
꽃잎 한 장의 기도로
나를 잠 못 들게 하는
사랑하는 사람들

오랫동안 알고 지내
더 이상 말이 필요 없는
그들의 이름을
꽃잎으로 포개어
나는 들고 가리라
천국에까지

한 편의 시처럼

오래오래 생각해서
짧게 쓰는 시

길게 늘렸다가
짧게 압축하는 시

짧을수록 오래 읽는
시가 좋았다
시처럼 살고 싶었다

아픔이 준 선물

아픔이 선물이란 말을
전에는 믿지 못했지
깊이 생각해 보지도 않았지

두 무릎을 한꺼번에 수술하고
집에 온 어느 날

피도 많이 빠져나간 후
뼈와 살이 한꺼번에 아프니
울지도 못하고
뜨거운 물주머니를
조심스레 몸에 대는 순간

창밖의 하늘은 더없이 푸르고
새들이 즐겁게 지저귀는데

아무리 아파도 나는 살고 싶었지
꽃처럼 웃고 싶었지

이제는 누가 일러주지 않아도
내가 나에게 속삭이네

아픈 만큼 철이 드는 게 사실이라고
조금 더 넓어지고 깊어지고
밝아지는 게 사실이라고

힘든 수업료를 지불한 만큼
나는 행복을
보상받은 거라고!

추억 일기

삶이 힘들면
무지개를 생각해요
언젠가 수녀들과 베란다에서
함께 환호하며 올려다본
하늘 위의 무지개
평소에 잘 웃지 않는
무표정한 수녀들도
그날만은 활짝 웃는 게
나는 신기했다
나의 삶이 감탄사를 잃었을 때
무지개 감탄사를 떠올리면
행복해진다

어머니의 주민등록증

이사 간 내 동생 집
서랍 속에 있던
내 어머니의
주민등록증과
건강보험증
생전에
제일의 보물로 여기시던
두 장의 종이 위에서
어머니가 평화로이
웃고 계시네
지금은 말소가 된
121003-2030321
어머니의 번호를
소리 내어 읽어보네
'수녀야. 내년이면

나의 탄생 백 주년이 되는 거네
하느님의 자비 안에
내가 이리로 건너오길
정말 잘한 것 같네
나 보고 싶거든
이 사진을 보고 말을 걸어
내가 다 들어줄게'
어머니와 함께 걸었던 골목길
함께 탔던 기차
함께 마시던 커피
함께 수놓던 손수건
그리고 함께 부르던 노래
함께 외우던 기도
어느 하나
그립지 않은 것이 없네

어머니의 주민등록증
나의 주민등록증을
함께 포개 넣으며
그리움 속에 불러보는
어머니 어머니……
내가 죽는 날까지 멈추지 않을
간절한 노래 어머니

코로나19의 선물

코로나19로
지극히 평범하고도
당연했던 일상이
무너지고서야
우리는 조금씩
감사를 배우기 시작했지
너무 가까이 있어
그만큼 무심했던
가족들의 얼굴과 마음도
다시 들여다보고
마당에 핀 이름 없는 들꽃과
길가의 나무들에게도
인사할 줄 아는
시인이 되었지

날마다 마스크를 쓰고
거리 두기를 실습하면서
우리는 새롭게
인내와 절제를 배우는
커다란 인생 학교의
수련생이 되었네
작은 것도 나누고
서로를 위로하며
예전의 당연했던 일상을
함께 그리워하는
비범한 눈빛의
도반들이 되었네

더 힘든 일이 오더라도
희망을 버리진 말아야지

오늘도 결심하면서
달콤한 허브 사탕 하나
입에 물고 창문을 여는
이 순간의 작은 기쁨을
어떻게 선물로 만들까
즐거운 궁리가 많아지네

어느 날의 일기 1

간밤엔 무겁고 무섭게
태풍이 불더니
아침엔 가볍고 즐거운
새들의 합창

또 한 번 살았구나
숨을 쉬는 내 마음에
한 줄기 바람으로 깃드는
지극한 고요함
순결한 평온함

시끄러운 세상일
다 모른 척하고
그냥 그냥 쉬고만 싶으니
어쩌면 좋지?

꽃잎 하나 » 햇빛 향기

이기적인 기도

하느님
오늘은 몸이 많이 아프니
기도가 잘 안 되지만
되는대로 말씀드려 봅니다

앞으로의 남은 날들이
어느 날부턴가 누군가에게
짐이 될 거라 생각하면
종일토록 우울합니다

살아 있는 동안은
스스로 사물을 분간하며
내 손으로 밥을 먹고
내 발로 걸어 다니는 것을
꼭 허락해 주세요

꽃잎 하나 » 햇빛 향기

누가 무얼 물으면 답해주고
웃으면 같이 웃어주고
온전히는 아니어도
적당히 대화를 나눌 수 있으면
좋겠습니다

병명 없는 통증도 순하게
받아 안을 테니
오랜 세월 길들여 온
일상의 질서가
한꺼번에 무너지지 않을 만큼
딱 그만큼의 건강과 자유는
허락해 주시기를
부탁드리고 싶습니다
사랑하는 하느님

그동안 내내
남을 위해서만 기도했으니
오늘은 좀 이기적인 기도를
바쳐도 되는 거지요?

수도원 일기 1

얼마나 더 사랑해야

웃어볼 수 있을까

얼마나 더 인내해야

내가 될 수 있을까

얼마나 더 겸손해야

떳떳할 수 있을까

수도원에서

반세기를 살며 고민했어도

시원한 답이 없네

오늘은 거울 앞에서

내가 나에게

가만히 웃어준다

혼잣말을 해본다

완덕에 이르진 못했어도

좀 더 잘해보려고

노력은 했잖아

보이지 않게 조금씩

좋아지고 있었을 거야

그러니 한 번쯤

그냥 기뻐해도 좋다고

그래그래 고개 끄덕이며

늘 해오던

몇 가지 결심을 수첩에 적는다

사람들을 차별하지 말 것

고운 말을 쓸 것

음식을 절제할 것

기도를 정성 들여 할 것

그리고 또……

오늘도 나는
길 위에 있다

수도원 일기 2

우리가
서로를 바라보며
날씨 이야기를 할 때
서로의 건강을 염려하며
기도한다고 말해줄 때
세상에서 일어나는
아프고 슬픈 일들을
함께 걱정하며
눈물 글썽일 때

우리는
한 송이 꽃이 되어 웃는다
피를 나누진 않았어도
형제가 된다
애인이 된다

같은 시간인데도
수도원의 시간들은
날마다 다르게
하느님의 얼굴로 빛이 나고
하얀 소금꽃으로
경건하게 살아온다

낯선 이들이 만나
이렇게 가족으로 살아도
사람들은 계속
우리를 낯설어하네

고맙다는 말

사랑하는 친구야
네가 내게
고맙다는 말을
되풀이할 적마다
내 마음엔
기쁨의 폭포 하나 생기고
그 위로 무지개가 뜨네

내가 너에게
고맙다는 말을
되돌려 줄 적마다
오랜 시간 봉오리로 닫혀 있던
한 송이 꽃의 문이 열리는
황홀함을 맛본다고 했지?
말로는 다 표현을 못 한다고 했지?

꽃잎 하나 » 햇빛 향기

세상에 살아 있는 동안
우리 그냥
오래오래
고맙다는 말만 하고 살자

이 말 속에 들어 있는
사랑과 우정
평화와 기도를
시들지 않는
꽃으로 만들자
죽어서도 지지 않는
별로 뜨게 하자
사랑하는 친구야

편지
친구에게

너는 산에서
나는 바다에서
열심히 숨을 쉬고 사는 동안
세월이 잘도 가네
숨을 쉰다는 게 이리도
대단한 일임을
미처 모르고 산 것 같네

코로나 시대의 거리 두기로
우리 사이는 더 애틋한 그리움이
쌓여가는 것 맞지?
방역 수칙을 지키면서
우리는 서로에게 더 마음을 열고
말조심도 더 잘하게 되는 것 맞지?

자신만 생각하는 이기심에서
빠져나와 다른 이를 향한
사랑이 조금 더 넓어지고
눈길이 따뜻해지는 나를 보며
나날이 더 감사하게 되네

네가 보고 싶을 때
지그시 눈을 감고
기도를 하면
세상을 위해 걱정도 하고
모든 사람들을 다 끌어안는
우주적인 마음을 지니게 되니
이 또한 선물이겠지?

너를 향한 그리움은

오늘도 나를 살게 하는 힘이야
가장 아름다운 기다림이야
이 힘든 시기를 잘 보내고
더 성숙한 사람으로 만나
해 아래 환히 웃어보자
오늘도 내 안에서
강으로 출렁이고
바다로 달려오는 친구야

어떤 일기

어떤 일로

마음속에

화가 머물러

살짝 균형이

깨졌을 때도

온몸이

몹시

가렵거나

쓰라린 통증으로

집중이 안 될 때도

무어라고 중얼중얼

푸념하기보단

나는 그냥

웃어보기로 한다

살아 있기에
아프기도 한 거야
다 지나갈 거니
조금만 더 참아보자

스스로를
가만히 다독이면서
평화를 부르니
아파도 슬퍼도
어느새 슬며시
반가운 얼굴로
평화가 온다

눈을 감는 일

살아갈수록
눈을 감는 습관이
나를 길들인다

잠이 쏟아지거나
꿈을 꾸고 싶을 때
깊이 생각하고 싶을 때
눈을 감으면
은은하게 출렁이는 환희심으로
삶이 더욱 어여쁘다
자질구레한 근심 걱정 사라지고
보름달 닮은 행복이
나를 휘감는다

현실을 외면하고 싶어

눈을 감는 게 아니고
오히려 살고 싶어서
눈을 감는 일이 더 많아진다고
오늘도 고개 끄덕이며
눈을 뜨기 위해 눈을 감네

언젠가 내가 영원히 눈을 감아
뜨지 못하는 그날까지
열심히 눈을 감아야지
더 기쁘게 더 고요히
삶을 관조하는
작은 성녀가 되어야지

어느 날의 일기 2

1)

20년 전 1월의 그 어느 날

어학연수를 갔던 일본에서

전철 선로에 떨어진 취객을 구하고

목숨을 잃은 이수현 군의 사진을 보고 나니

꿈에서도 계속 생각이 나

그의 어머니 신 여사님의 연락처를 알아내어

통화를 했다

내가 최근에 펴낸 책을 보냈더니

홍삼차를 보내오셨지

우리는 수현에 대해

서로 아무 말도 안 했지만

잔잔한 우애가 흐르는 걸 느꼈다

자신의 잇속만 챙기는 이들이 많아지는 요즘

낯선 나라에서 모르는 이웃을 위해

희생한 수현을 통해 이타적인 삶이
어떤 것인지를 계속 배우고 또 배운다

2)
작년에 제주에서 방류된
세 살짜리 푸른바다거북이가
3,847km를 석 달 동안 헤엄쳐서
베트남에 도착하였다니
참으로 대단하다고
생명력이 놀랍다고
감동하고 감탄하는 기사를 보았지
그 용기 있는 전진
그 충실한 인내심에 대하여
깊이 묵상하며 등 푸른 거북이 사진을 보니
지극한 존경심과 경외심으로

기도가 절로 되네

갑자기 나도 바다로 들어가 파도가 되고 싶네

하늘로 올라가 구름이 되고 싶네

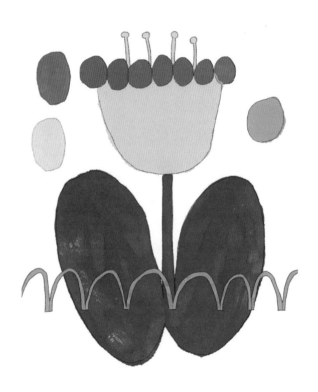

휴가 단상

늘 나를 지탱해 주던
내 마음이여 몸이여
그동안 삶의 길 달려오느라
매우 힘이 들고 지쳤던 그대를
오늘만이라도 편히 쉬게 하겠다

창문을 활짝 열어둔 채
바람 소리 새소리 파도 소리
별빛 쏟아지는 소리
귀 밝아야 들을 수 있는
나뭇잎 소리도 들려주겠다

맑아져라
깊어져라
넓어져라

후렴으로 노래하다
스르르 눈이 감기는 시간

우리가 서로를 바라보는
단순한 고요함만으로도
휴식이 되는 시간

이 시간을 잘 키워
빛나는 보석을 만들겠다
항상 기쁘게 살겠다

태풍이 지나고

태풍 지난 뒤
아침에 일어나니

지붕의 기와가 떨어지고
유리창이 깨지고
장독대의 항아리가 부서진
태풍의 위력을
무력한 표정으로
우린 그저 바라만 보네
나는
조그만 침방 앞 베란다에
무더기로 떨어진
솔잎들을 쓰는데
웬일이야?
태풍 때문에

슬픈 일도 많지만

태풍 덕분에

숲은 대청소를 하는군

옆방의 수녀님 혼잣말에

고개를 끄덕이는데

하늘은

처음 본 듯 푸르고

흰 구름은

처음 본 듯 신비하게

다시 다시

어여쁘네

어느 거미에게 쓰는 편지

엊그제 꿈에는 나비를 보았고
어제는 성모상이 있는
예쁜 산책길에서 우연히 너를 보았어
우아한 연둣빛 옷을 걸친 네가
은실로 엮인 넓은 집에
조용히 엎디어 있었지
안녕? 인사하니 흠칫 놀라
위치를 바꾸는데
나는 다가가 사진을 찍었지
여기저기 꽃밭의 꽃들을 찾아
날아다니는 나비들만 많이 보다가
성모상 나무 옆 고즈넉한 자리에
숨어 있는 너를 하마터면 못 볼 뻔했네
앞으로도 다시 보고 싶은 고운 거미야
한 번 보고 돌아선 게 아쉬워

처음 만난 몇 시간 후에 다시 가보고
오늘도 오전 오후 다시 가보았지만
너는 꼼짝없는 구도자의 모습으로
그 자리에 붙어 있었지
정주 서원을 하고 일생을
수도원에 살고 있는 나에게
오늘 너는 정주의 의미를
몸으로 말하고 있었지
직접 눈을 마주치진 못했지만
마음으로 깊이 알아들었어
어쩌면 그리도 가늘게 실을 뿜어내
넓고 둥근 집을 지을 수 있는 건지
하루하루 살아가는
내 일상의 집도 그렇게 짓고 싶네
정성 들여 섬세한 사랑으로 말이야

이 세상 누구도 내치지 않는

넓고 밝은 우정 속에

비단실같이 연결된 그리움으로

시의 집을 짓고 싶네

말없이 말을 해준

연둣빛 거미야 참 고마웠어

언제나 너의 집에 있어주길 바라

우리 또 만나자. 안녕!

11월의 러브레터

밖에서 내 안으로
들어오던 바람이
11월이 되면
내 안에서
밖으로 부네요

눈길을 순하게
마음을 어질게
모든 욕심 내려놓으며
이제는 어디든지
떠날 준비가 되었다고
나직이 고백하는데
빨간 단풍잎 한 장
가장 고운 러브레터로
떨어져 내립니다

하늘을 향한 그리움

자연에 대한 경외

인간에 대한 사랑이

나날이 깊어지는 것을

스스로 감탄하며

한 번뿐인 삶을

더 맑게

더 고맙게

더 애틋하게

깨어 사는 계절

이별의 슬픔 또한

억새풀 옷을 입고

빛으로 일어서는 11월 내내

아름다운 당신을 기억합니다

이제 내가

당신을 만나기 위해

빈 들판으로

떠날 준비가 되었다고

나직이 고백하는데

노란 은행잎 한 장

조금은 쓸쓸하지만

간절한 러브레터로

떨어져 내립니다

새해의 기도

코로나 위기 속에
어둡고 답답한 마음으로
한 해를 보내며
참 많이 울었습니다
보이지 않는 바이러스에
무참하게 희생된
우리 가족 친지 이웃
수많은 의료진들을
저세상으로 떠나보내며
제대로 된 애도조차 못 한
미안함과 회한으로
우리의 눈물은 아직도
마를 날이 없습니다

이제 우리는

어떻게 살아야 할지
어떻게 희망의 별을 찾아야 할지 몰라
마주 보는 웃음 대신 탄식을 앞세우며
시시로 방황하고 있습니다
이렇듯 웃음을 잃어버린 우리에게
푸르디푸른 생명의 힘과
다른 이를 더 먼저 배려할 수 있는
사랑의 지혜를 주십시오

설렘과 반가움으로
한 해를 맞아야 할 우리 마음이
아직은 어둠 속에
두렵고 떨리는 것을
어쩔 수가 없습니다
그래도 다시 힘을 모아

희망을 향한 발걸음을
시작해야겠지요?

일상의 거리 두기에서 배운
자신을 위한 절제와
이웃을 향한 그리움으로
더 넓은 사랑을
시작해야겠지요?

공간의 균을 소독하는 방역뿐 아니라
어느새 몰래 숨어들어 온
미움 탐욕 불신 분노 나태 등등
마음의 균도 제대로 소독하면서
진정한 참회의 기도로 거듭나는
코로나 수련생

치열한 구도자가 되어야겠지요?

이제 우리는
자신이 맡은 일에 최선을 다하는
충실한 참을성과 겸손함으로
가정 속의 나
나라 속의 나
세계 속의 나를
다시 한번
샘솟는 희망과 용기로 길들이며
또 한 번의 새해를
선물로 받아 안을 수 있길 원합니다

그 어느 날
고난과 시련의 절망스러운 위기를

희망으로 극복한 후의
가장 크고 밝은 웃음꽃이
우리 모두의 것일 수 있도록!

지도에는 금이 가도

자나 깨나 앉으나 서나

어머니처럼 그리운 나라를

모국이라 부르는데

두 동강이 나 있는 지도를 보고

우리나라라고 말하다가

슬며시 멋쩍고 놀라는 마음

북쪽에선 북남이라 하고

남쪽에선 남북이라 말하는

우리의 두 나라는

언제 한번 하나 되어

함께 웃어볼 수 있을까

사계절의 강과 산이

소박하게 아름다운 나라에서

하나의 언어를 쓰면서도

서로 다른 모습으로

낯설게 살고 있는 슬픔을

결코 잊으면 안 되는데

누구에게 물어야 할까

어떻게 행동해야 할까

답답할 뿐 답이 없네

기다림에 지쳐 무뎌진 마음에도

이제는 조금씩 눈물이 흐르네

힘든 중에도 우리는

다시 이해하는 사랑을 배우고

다시 화해와 용서를 시작하며

함께 행복하고 싶은데

함께 꿈을 꾸면 이루어질까?

희망의 싹을 틔우다 말고

다시 절망 속으로 내려앉던

그 아픔의 시간들은

어떻게 건져 올릴까
지도에는 금이 가도
마음에는 금이 가지 않게
간절한 기도를 바치는
눈물꽃의 기쁨이여
미움을 사랑으로 바꾸어
언젠가는 꼭 이루어낼
통일의 기쁨이여

마음 나누기 친구 더하기

마음을 나누면 친구가 생기지요
친구가 있으면 행복이 피어나요
다 함께 사랑을 다 함께 희망을
기쁘게 나누어요 손잡고 나아가요

친구가 있으면 먼 길도 가깝지요
힘들고 지쳐도 웃음이 피어나요
나부터 새롭게 지금부터 새롭게
사랑의 나눔을 손잡고 시작해요

마음 나누기 친구 더하기 우리는 하나
아름다운 세상 만들어가요
꿈꾸며 사랑하며 행복한 세상 만들어가요

＊아프리카 봉사 단체 '희망고'를 위해 쓴 노래 가사입니다.

꽃잎 둘

시로 여는 편지

3월의 바람 속에

어디선지 몰래 숨어들어 온
근심, 걱정 때문에
겨우내 몸살이 심했습니다

흰 눈이 채 녹지 않은
내 마음의 산기슭에도
꽃 한 송이 피워내려고
바람은 이토록 오래 부는 것입니까

3월의 바람 속에
보이지 않게 꽃을 피우는
당신이 계시기에
아직은 시린 햇볕으로
희망을 짜는
나의 오늘

당신을 만나는 길엔
늘상
바람이 많이 불었습니다

살아 있기에 바람이 좋고
바람이 좋아 살아 있는 세상

혼자서 길을 가다 보면
보이지 않게 나를 흔드는
당신이 계시기에
나는 먼 데서도
잠들 수 없는 3월의 바람
어둠의 벼랑 끝에서도
노래로 일어서는 3월의 바람입니다

3월의 바람

필까 말까
아직도 망설이는
꽃의 문을 열고 싶어
바람이 부네

열까 말까
망설이며
굳게 닫힌
내 마음의 문을 열고 싶어
바람이 부네

쌀쌀하고도
어여쁜 3월의 바람
바람과 함께
나도 다시 일어서야지
앞으로 나아가야지

경칩이 지나고 나니 일제히 약속이나 한 듯이 봄꽃들이 다투어 피어나고 있습니다. 살구꽃나무 위로 새들이 즐겁게 날아다니고 꽃들 주변으로 흰 나비들이 찾아오는데 꽃과 나비를 보는 제 마음도 요즘은 웃음기 없이 울적하기만 합니다. 평소에 나물 캐기 좋아하는 어느 선배 수녀님이 수녀원 밭에서 뜯어 온 냉이로 국을 끓여 먹고 쑥으로 튀김을 해서 먹으며 "식탁에도 이렇게 봄이 올라와 있는데 계절의 봄과 달리 우리의 진정한 봄은 언제나 올까요?"라고 말문을 엽니다. "요즘은 신문 보기도 겁이 나요." "이런 때일수록 우리가 더 많은 기도를 해야 할 건데 걱정만 앞서고 일이 손에 안 잡히네요." "자가 격리, 사회적 거리 때문에 마음까지 멀어지면 곤란한데?" "너무도 당연히 누려왔던 평범한 일상을 이젠 기적처럼 그리워하게 되는군요." "코로나19 사태로 우리 국민이 좀 더 성숙하고 거듭나는 계기가 될 수 있으리라 믿어요." 수녀들은 저마다 한마디씩 말을 건넵니다.

우울한 시기를 잘 극복하라고 맛있는 쑥찰떡을 150인분이나 만들어 보낸 해운대의 문인, 마스크 몇 개 경비실에 두고간다며 문자를 보내온 우리 동네 빵집 사장님께도 고마운 마음입니다. 평일 미사에도 객실에도 일체 외부인이 오질 않으니 수녀원이 세상과 격리된 하나의 외딴섬이 된 것 같습니다. 가끔 만나서 책방도 가고 이런저런 심부름을 해주던 예쁜 독자의 딸이 확진 판정을 받고 의료원에 있다니 걱정입니다. 성당에서의 공동 기도 지향에도, 식당에서의 독서 시간에도 온통 코로나19 관련 소식뿐인데 원장 수녀님은 거의 매일 이런저런 공지를 합니다. 홀로 어르신들께 드릴 반찬 준비를 비롯해 구청 보건소 직원들에게 드릴 편지와 간식 준비에 대한 것등등. 여러 종류의 부탁과 협조를 구해옵니다.

이번 일을 겪으면서 우리가 다 함께 절감하는 것은 그 누구도 혼자서는 살 수 없고 서로가 서로에게 긴밀히 연결되어있다는 것, 그래서 서로를 돌보아야 할 책임과 의무가 있다는 것, 말은 따뜻하게 행동은 성실하게 공동선을 향해서 각자가할 수 있는 최선의 몫을 다할 때만 우리의 일상도 조금씩 제자리를 찾을 수 있다는 것입니다. 계속 누구를 탓하고 원망하거나 이기적으로 행동하는 것이 얼마나 어리석은 일인지 모르지않으면서 곧잘 짜증과 푸념으로 우울을 전염시키는 우리의 모습을 봅니다. 이 고난의 시기도 결국은 지나갈 것이라 믿습니다. 우리 모두 희망으로 일어서라고, 앞으로 나아가라고 3월의 연둣빛 바람이 재촉하는 속삭임을 들으며 가만히 두 손 모읍니다.

나무의 사랑법

자꾸만 가까이
기대고 싶어 하지만
서로의 거리를 두어야
잘 보이고
침묵을 잘해야
할 말이 떠오릅니다

남의 말을
듣고 또 듣는 것이
사랑의 방법입니다
침묵 속에 기다리는 것이
지혜의 발견입니다

아파도 슬퍼도
쉽게 울지 않고

견디고 또 견디는 것이
기도의 완성입니다

사계절 내내 중심 잡고
서 있기 힘들 때도 많지만
그래도 기쁘게 사는 것은
흐르는 세월 속에
땅 깊이 내려가는 뿌리
하늘로 뻗어가는 줄기
바람에 춤추는 잎사귀들
덕분입니다

오늘도 사랑받고
사랑하는 저를
사랑으로

지켜봐주십시오

늘 고맙습니다

봄비가 내리는 오늘, 수녀원 동산을 한 바퀴 돌며 높이와 크기와 모양이 다 다른 여러 종류의 나무들을 유심히 바라보니 그 자체로 기도가 되는 마음입니다.

잎사귀, 줄기, 그리고 수피라고 지칭하는 껍질들도 하나같이 다른 걸 새롭게 발견하면서, 그림이 많아 좋은 어린이용 나무도감을 펼쳐 공부하는 즐거움을 누립니다. 산책길에서 자주 마주치는 수녀들이 모두 한 그루 나무로 보이던 어느 날. 〈나무의 사랑법〉이라는 시를 써서 어느 문예지에 보낸 일이 있습니다. "반세기 이상을 한 수도원 숲에 살고 보니 나도 이젠 한 그루 나무가 된 게 아닐까?" 스스로에게 속삭이며 나무의 입을 통해 고백한 시. 어쩌면 이 시는 제가 평소에 하고 싶은 말들을 모아서 축약한 하나의 러브레터인지도 모르겠습니다.

노년의 길에 들어서며 어쩔 수 없이 아픈 데가 많아지고 병원 출입도 잦아지는 요즘 "이번엔 세상의 모든 아픈 이들이 공감할 수 있는 통증 단상을 칼럼으로 쓸 거야"라고 하니, 옆의 수녀들이 독자나 친지들에게 걱정 끼치는 일이 될 거라며 말려서 잠시 보류하지만 언젠가는 통증에 대한 이야기도 잘 정리해 볼 생각입니다.

나무가 사람처럼 말을 할 수 있다면 얼마나 할 말이 많을까 싶습니다. 겉으로 중심을 잡기 위해선 안으로 많이 아팠다고, 뿌리를 깊이 내리기 위해선 눈물겨운 참을성을 키워야 했다고, 싱싱한 푸른 잎사귀를 달기 위해서는 기다림의 긴 시간이 필요했다고 말하고 싶을 것입니다. 침묵과 인내와 기다림의 덕목을 잘 키우면 어느 날 지혜의 열매가 달리고 하늘 향한 환희심과 설렘으로 삶이 온통 기쁨으로 출렁이는 것을 경험할 수 있을 거라고, 사랑의 승리자가 되려면 끝까지 겸손하게 자신을 낮추며 말을 줄이고 듣는 연습을 많이 해야 한다고 고백하는 나무! 고독과 친해질수록 하늘도 잘 보이고 옆 사람들의 마음도 잘 헤아릴 수 있다고 넌지시 일러주는 나무!

시인과 철학자와 친구의 모습으로 늘 새로운 깨우침을 주는 나무를 사랑합니다. 그의 경건하고 진지하고 고요한 목소리를 들으면 몸의 아픔도 잠시 잊게 되고 예기치 않던 인간관계의 갈등과 소용돌이로 불편하고 괴로웠던 마음에도 이내 평화가 찾아옵니다. 나무가 많은 집에서 오늘도 나무의 사랑법을 가까이 배울 수 있어 행복한 '수녀 나무'입니다.

어느 날의 단상 1

내 삶의 끝은
언제 어디서
어떤 모습으로 이루어질까
밤새 생각하다
잠이 들었다

아침에 눈을 뜨니
또 한 번 내가
살아 있는 세상!

아침이 열어준 문을 열고
사랑할 준비를 한다
죽음보다 강한
사랑의 승리자가 되어
다시는

죽음을 두려워하지 않을 수 있는

용기를 구하면서

지혜를 청하면서

나는 크게 웃어본다

밝게 노래하는 새처럼

가벼워진다

어느 날의 단상 2

약도 음식도

누워서 먹고……

누워 있는 시간이 늘어나면서

사람은 누운 채로

멀리멀리 가는 것이겠지

누가 아프다고 하면

죽었다고 하면

나도 같이 아프다

슬픔을 잊어보려고

사과 한 알을 먹는다

햇빛, 바람, 시간도

함께 먹는다

무얼 먹는다고

슬픔이 사라지는 건 아니지만

그래도 조금은 힘이 생기니까

힘이 있어야

마음 놓고 슬픔 속에 빠져

울어볼 수도 있는 것이니까

저는 평소 마스크 쓰는 걸 좋아하지 않지만 오늘은 할 수 없이 마스크를 쓰고 병원에 가서 의사 선생님과 면담하는데, 전과 달리 의자를 멀리 떼어놓고 했습니다. 요즘은 힘들고 우울한 상황 때문인지 생시에도 꿈길에도 자주 죽음을 묵상하게 됩니다. 수녀원 마당에는 이제 라일락과 자목련까지 피고 부활 시기도 시작돼 흰옷 입을 준비를 하고 있는데 들리는 소식은 계속 아프고 슬픈 것들뿐이니 마음이 무겁고 답답합니다. 우리에겐 유난히 슬픈 사건이 더 많이 기억되는 4월입니다.

온 국민이 월드컵의 열기에 취해 있던 2002년 4월 15일 김해 돗대산에 추락해 129명의 희생자를 낸 중국 민항기 사건이 일어났을 땐 마음으로나마 작은 위로를 전하고자 추모 사이트에 들어가 글을 남기고 1주기에는 추모 행사에 직접 참석하기도 했는데, 그때 종종 연락을 주고받던 유족들의 근황도 문득 궁금합니다. 2014년 4월 16일 304명의 희생자를 낸 세월호 침몰 사고 현장이나 추모 장소에는 건강상의 이유로 직접

가진 못했으나 우연히 연결된 몇몇 유족들과 소식을 주고받고 있으며 기도의 추모시로 제 마음을 표현하고자 했습니다.

코로나19 확진 판정을 받고 투병 중이던 이탈리아의 어느 노사제가 자신의 산소마스크를 젊은이에게 양보하고 죽었다는 기사가 뜨고, 많은 의료진과 봉사자들이 식음을 전폐하고 밤낮으로 환자를 살리는 일에 최선을 다하는 모습은 감동을 줍니다. 예기치 않은 시련 속에 피어나는 한마음의 협력과 희생적인 사랑은 얼마나 소중한 선물인지요. 우리가 운영하는 유치원의 어느 어린이가 "정말 정말 (유치원) 가고 싶은데"라고 엄마에게 조르는 모습을 보는데 마음이 짠하더라는 원장 수녀님의 말에서도 그러하고, "안에 들어갈 수 없어 물건만 두고 가요. 언제나 뵐 수 있을지?"라고 우리 수녀원 경비실에 메모를 남긴 친지의 안타까운 고백에서도 그간 당연히 누려왔던 평범한 일상을 간절히 그리워하는 모습을 보게 됩니다.

누굴 대신해 아파줄 수도 없고 그저 바라보기만 해야 하는 무력함 속에서 그나마 우리가 할 수 있는 일은 그 아픔과 슬픔을 공유할 줄 아는 따뜻한 마음을 갖는 것일 겁니다. 서로 피를 나눈 사이는 아니라도 가까운 '인류 가족', '나라 가족'의 마음으로 죽은 이들을 추모하며 환자들의 고통을 연민과 자비로 끌어안는 기도자, 도움이 필요한 곳엔 당장 달려갈 수 있는 사랑의 실천가가 되는 일일 것입니다. 더 이상 이기적으로 살아갈 수 없음을 어느 때보다도 절감하게 되는 요즘, 함께 아파하고 함께 슬퍼하기 위해서라도 서로를 격려하며 조금씩 더 희망을 모으기로 해요. 바람에 흩날리는 4월의 꽃잎처럼 언젠가는 사라질 오늘의 시간에게도 인사를 보내면서!

왜 그럴까, 우리는

자기의 아픈 이야기
슬픈 이야기는
그리도 길게 늘어놓으면서

다른 사람들의 아픈 이야기
슬픈 이야기에는
전혀 귀 기울이지 않네
아니, 처음부터 아예
듣기를 싫어하네

해야 할 일 뒤로 미루고
하고 싶은 것만 골라 하고
기분에 따라
우선순위를 잘도 바꾸면서
늘 시간이 없다고 성화이네

저세상으로 떠나기 전

한 조각의 미소를 그리워하며

외롭게 괴롭게 누워 있는 이들에게도

시간 내어주기를 아까워하는

건강하지만 인색한 사람들

늘 말로만 그럴듯하게 살아 있는

자비심 없는 사람들 모습 속엔

분명 내 모습도

들어 있는 걸

나는 알고 있지

정말 왜 그럴까

왜 조금 더

자신을 내어놓지 못하고

그토록 이기적일까, 우리는……

"아픈 데가 많아질수록 침대 위엔 차츰 베개가 늘어나요" 라고 저는 짐짓 웃으며 말하지만 어느 땐 좀 딱한 생각이 들기도 합니다. 머리와 목, 팔과 발에 번갈아 가며 베개를 사용하면 통증을 달래는 데 약간의 도움이 되긴 하지만, 머리끝부터 발끝까지 아픈 데가 많은 노년기의 장애를 구체적으로 실감하기 때문입니다. 인생의 연륜이 깊어질수록 그만큼 더 너그럽고 이해심 많은 사랑의 덕목을 지니는 게 당연할 터이지만 실제로는 그렇질 못한 것 같습니다.

"나이 들면 추위가 무릎부터 시작되는 것 같아. 젊은이들과 대화를 하고 싶지만 그들이 내 곁을 비켜 가는 외로움을 맛보곤 하지." 어느 선배 수녀님이 혼잣말하듯 내뱉던 말이 종종 생각나는 요즘. 원치 않은 저의 모습을 마주하게 될 적마다 잠시 우울해지곤 합니다. 자신의 아픔에 빠져 있느라 다른 이의 더 큰 아픔은 눈에 들어오질 않고 그를 깊이 이해하려 들지 않은 순간들이 문득 생각나기 때문입니다. 매일의 수도원은 이기심이라는 늪에서 빠져나와 좀 더 이타적인 삶을 살아보려 최선을 다하는 믿음과 사랑의 선한 싸움터라는 생각이 듭니다.

밤낮으로 수덕에 대한 공부를 하고 성인들의 삶을 본받는 이타적인 삶에 대하여 배우지만, 일상의 삶에서 마주하는 제 모습은 늘 자기중심적이고 편협할 때가 많습니다. 누군가에게 내 몸과 마음의 아픔을 하소연할 때 듣는 이가 건성으로 대하고 자신의 아픈 이야길 더 많이 하면 쓸쓸하고 서운한 마음이 되어 '나는 그러지 말아야지' 결심하지만, 막상 실습할 그 순간이 오면 듣는 일을 지루해하며 속히 끝내길 독촉해서 상대를 실망시킨 적이 한두 번이 아닙니다. 특히 이승에서의 삶이 얼마 안 남은 이들에겐 할 수 있는 정성을 다해야 하는데, 바쁜 것을 핑계로 비켜 가거나 그의 사소한 요구조차 들어주지 않고 부담스러워하는 내색을 할 때 그는 얼마나 깊은 외로움을 느꼈을까 싶습니다.

이젠 다시 만나고 싶어도 더 이상 만날 수 없는 저세상 사람들! 휠체어를 타고 복도를 지나가던 환자 수녀님들에게 좀 더 따뜻하게 인사하지 않은 것, 자신의 죽음을 미리 통보하며 애타는 눈길과 목소리로 인간적 위로를 갈구했던 이들에게 이런저런 핑계를 대며 들어주지 못한 일들이 떠올라 괴로울 때가 있습니다. 뒤늦게 후회만 하지 말고 늘 우선적인 사랑의 선택을 놓치지 말아야겠다고 다시 다짐하며 기도합니다.

자신의 아픔과 슬픔은 하찮은 것에도 그리 민감하면서 다른 사람의 엄청난 아픔과 슬픔엔 안일한 방관자였음을 용서하소서. 저 아닌 그 누군가 먼저 나서서 해주길 바라고 미루는 사랑의 일을 제가 먼저 시작할 수 있는 용기를 주소서. 그리하여 저의 이기적인 시간들이 사랑 안에서 이타적인 시간으로 조금씩 변모될 수 있도록 오늘도 깨어 있는 노력을 다하게 하소서.

다산의 말

"남이 어려울 때
자기는 베풀지 않으면서
남이 먼저 은혜를 베풀어주기를 바라는 것은
너의 오만한 근성이 없어지지 않았기 때문이다
가벼운 농담일망정
'나는 전번에 이리저리 도와주었는데
저들은 이렇게 하는구나!' 하는 소리를 한마디라도
입 밖에 내뱉어서는 안 된다. 이러한 말이 한 번이라도
입 밖에 나오면 지난날 쌓아놓은 공덕이
하루아침에 재가 되어 바람에 날아가듯
사라져버리고 말 것이다"

다산 정약용이 유배지에서 아들에게 보낸
편지 속의 이 말을
하루에 한 번씩 되새김하면

다산초당의 청정한 바람 소리도
가까이 들려오는 기쁨

기껏 좋은 일 선한 일 하고도
불필요한 말을 많이 하여
향기를 달아나게 하는 어리석은 사람이
바로 나라고 고백하는 사이
어디선가 들려오는 푸른 기침 소리

요즘은 그냥 단순한 소풍보다는 특별한 장소를 정해 공부도 하고 자연도 즐기는 문화 답사나 성지 순례가 더 기억에 남고 뜻깊은 나들이가 되는 것 같습니다. 몇 년 전 우리 수녀님들과 같이 강진에 있는 다산초당에 다녀온 후엔 유배지에서 수많은 글을 남긴 정약용에게 더욱 관심을 갖고 그의 저서들을 구해 읽었는데, 특히 아들에게 보낸 편지글에서 저는 감동을 받았습니다.

살면 살수록 수도 생활에 가장 필요한 덕목은 겸손이라는 생각이 듭니다. 참된 겸손이란 자신이 어떤 선한 일을 하고도 요란하게 생색을 내거나 보답을 받으려 하지 않고 성경에 나오는 착한 종과 같이 '그저 해야 할 일을 했을 따름입니다'(루카 17, 10) 하는 담백한 태도일 것입니다. 그런데도 살다 보면 자신의 어떤 수고나 선행에 대해 누가 몰라주면 서운해하고 그걸 마음속에만 담아두지 않고 이렇게 저렇게 미성숙한 표현을 하는 경우가 많습니다. 특히 가까운 이들에겐 그 서운함을 지나치게 솔직하게 말하고 나서 스스로 무안해하는 경우도 있습니다.

> 가벼운 농담일망정 '나는 전번에 이리저리 도와주었는데
> 저들은 이렇게 하는구나!' 하는 소리를 한마디라도 입 밖
> 에 내뱉어서는 안 된다.

다산이 아들에게 경고하는 이 말이 오늘따라 깊이 가슴에 와 박힙니다. 지난날엔 저도 종종 습관적으로 '내가 평소에 수녀님들에게 이렇게 저렇게 챙기는 것에 비하면 나는 별로 챙김을 받지 못해 서운할 때가 있어요'라고 말을 했다면, 요즘은 설령 서운하더라도 침묵하는 연습을 조금씩 하다 보니 평화가 찾아옵니다. 때로 동료들이 "수녀님은 매번 섬세하게 우릴 챙기는 데 반해서 우린 그렇지 못해 죄송해요!"라고 말을 하면 얼른 "사람마다 사랑의 표현 방식이 다르니까요. 저는 사소한 거라도 드릴 게 있고 챙기는 게 취미니까 당연히 그리하는 것이고, 수녀님들은 그 대신 기도로 무형의 선물을 주시니 더 귀한 거지요"라고 표현을 함으로써 서로의 관계를 편안하게 하고자 노력합니다.

가정에서든 수도원에서든 상대에게 무엇을 바라고 하는

비교급의 말은 종종 좋은 관계를 그르치는 걸림돌이 됩니다. 이번 코로나19 사태로 TV에서 가장 자주 만나게 된 질병관리청장 정은경 님이 막중한 업무로 인해 '잠은 자느냐?'는 질문을 받고 어떤 푸념이나 불평 섞인 부정적 답변보다는 '한 시간 이상은 잔다'고 대답하는 걸 보고 외신들도 '숨은 영웅'으로 표현하며 감동했다지요. 그 특별한 소임이 힘든 게 사실인데도 늘 차분한 음성으로 상황 보고를 하는 그 모습에서 '제가 해야 할 일을 마땅히 했을 뿐입니다'라고 고백하는 충직한 종의 모습이 떠올라 저 역시 울컥한 순간이 있었습니다.

우리 모두 한 발 뒤로 물러나 무심히 지나쳤던 일상의 소중함을 새롭게 발견하고 자신의 삶을 돌아보면서 좀 더 감사하며 겸손하게 살아야겠다는 다짐을 하게 되었다면, 이 또한 코로나19가 준 교훈적 선물이 아닐는지요.

남이 잘한 것에 대해서는 '덕분입니다' 하고, 내가 잘못한 것에 대해서는 '제 탓입니다' 하고, 선한 일을 했을 때는 '당연히 해야 할 일을 했을 따름이지요' 하는 그런 마음으로 다산 정약용의 말을 명심하고 실천하는 우리가 되면 좋겠습니다.

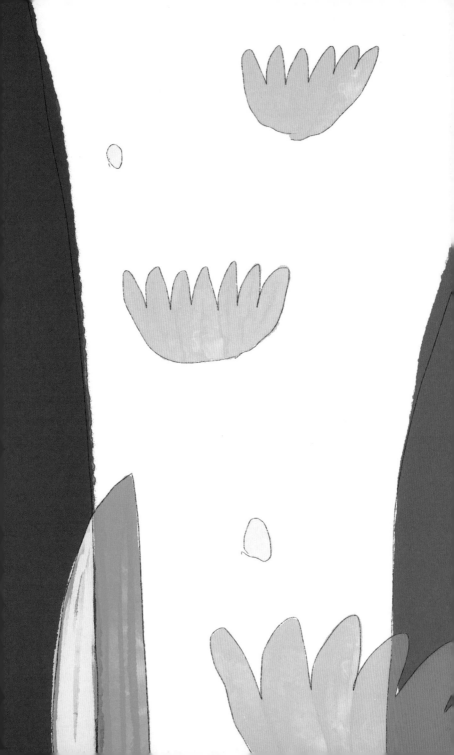

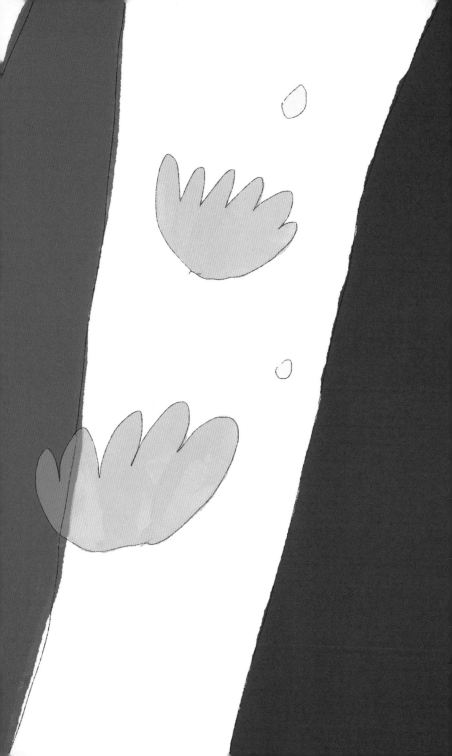

아름다운 모습

친구의 이야기를
아주 유심히 들어주며
까르르 웃는 이의 모습

동그랗게 둘러앉아
서로 더 먹으라고 권하면서
열심히 밥을 먹는 가족들의 모습

어떤 모임에서
필요한 것 챙겨놓고
슬그머니 사라지는 이의
겸허한 뒷모습

좋은 책을 읽다가
열심히 메모하고

밑줄을 그으며
뜻깊은 미소를 짓는 이의 모습

조용히 고개 숙여
손님이 벗어놓은 신발들을
가지런히 정리하는 이의 모습

"저기요. 사진 하나 찍어주세요!"
갑자기 부탁을 하였을 때도
귀찮아하지 않는 웃음으로
정성 다해 사진을 찍어주는 이의 모습

이웃이 슬픈 일을 당했을 때
제일 먼저 달려와서
말없이 손잡고 눈물 글썽이며

기도부터 해주는 이의 모습

누가 몸이 아프다고 하면
큰일 난 것처럼 한걸음에 달려와
자기 일처럼 내내 걱정하며
그의 곁을 지켜주는 이의 모습

평소와 달리 사람들을 자연스럽게 만나는 일이 쉽지 않은 요즘, 수도원 안에서 산책하는 길엔 늘 꽃과 나무를 세심히 관찰하는 가운데 도감도 찾아보며 공부를 하다 보니 전에는 모르던 사실을 많이 알게 됩니다. 나무마다 줄기와 가지가 어떻게 다른지, 보이지 않는 뿌리는 어떤 모양을 하고 있는지 궁금한 것도 더 많아졌습니다. 꽃잎의 종류, 잎사귀의 종류, 열매의 종류를 공부하다 보니 관찰과 발견이 주는 작은 보람으로 매일의 삶이 더욱 생생하고 창의적인 기쁨으로 물드는 것을 체험합니다. 무심했던 것들을 유심히 관찰하면서 새로운 발견에 눈뜨는 기쁨! 이 기쁨이야말로 우리가 계속 갈고닦아 가야 할 덕목이 아닐는지요.

내가 아는 것보다는 모르는 게 더 많구나, 세상엔 이것저것 배워야 할 것들이 참 많기도 하구나 하면서 요즘은 빔 프로젝트 활용법도 배우고 환자로서 혈당 체크하는 법, 혈압 재는 법도 배워가는 중입니다. 과일이나 과자를 먹을 때도 원산지나 설명서를 챙겨 보고, 아이스크림을 먹을 때도 표기된 연도를 확인하여 자칭 해설사가 됩니다. "수녀님들이 즐겨 먹는 비비빅은 1975년, 석빙고는 1950년부터 있었으니 역사가 꽤 오래되었네?" 하며 유머와 농담도 즐길 수 있는 매일 40분간의 저녁 담화 시간을 좋아합니다.

함께 사는 이들의 특징과 좋은 점을 발견하여 눈여겨보는 일 또한 일상의 삶을 충전해 주는 소중한 보물입니다. 비교적 오래전에 쓴 〈아름다운 모습〉이란 시에는 부분적인 내용들만 들어갔지만 누구나 이런 식으로 계속 아름답고 감동적인 모습들을 나열해 볼 수 있을 것입니다. 제가 자리에 없는 틈을 타서 책상 위에 놓아둔 컵을 씻어놓고, 미처 비우지 못한 휴지통을 비워놓고 가는 '슬그머니 천사'들이 부쩍 많아지는 요즘입니다.

저도 질세라 분발하여 누군가에게 작은 기쁨을 전하는 사랑의 숨은 천사가 되고 싶어 이런저런 궁리가 많아지는 평범 속의 뜻깊은 날들! 밖으로 외출을 못 하는 대신 마음속으로 들어가 자신을 들여다보고 이웃을 배려하는 법을 조금씩 다시 배워가는 것 또한 코로나19의 봉쇄된 시간이 낳아준 선물 중 하나라 여기며 감사를 발견하는 오늘입니다.

*

언젠가 누가 제게 취미가 무어냐고 물었을 때 시 쓰는 것 외에도 솔방울 줍는 것, 조가비 줍는 것, 다양한 스티커를 이리저리 구성해서 고운 카드 만드는 것, 그리고 좋은 격언 모으는 것, 신문이나 잡지에 소개된 여러 종류의 미담들을 오려두었다가 소개하는 것, 실제로 목격한 아름답고 따뜻한 풍경이나 사람들의 모습을 잊지 않고 적어두었다가 되새김하는 것, 인류사에 빛나는 이웃 사랑으로 별이 된 주인공들을 조금씩이나마 닮고자 애쓰는 따라쟁이가 되려고 노력하는 것을 변함없는 취미로 삼고 싶다고 말한 일이 있습니다.

요즘 집에 있는 시간이 늘어나 평소보다 책 읽는 시간이 많아서 그런지 부쩍 많은 편지들을 독자들이 보내옵니다. 아무리 선하게 살아보려 애를 써도 미운 사람이 더 많아지고 딱히 하고 싶은 일도 없이 무력증에 빠져 삶 자체가 우울하다는 이들에게 저는 종종 이렇게 답신을 적어 보냅니다. 독서, 음악 감상, 여행 같은 것 못지않게 즐거울 수 있는 자신만의 취미를 계발해서 길들여 보라고! 삶이 지루하고 힘들게 여겨질수록 아름다운 순간들을 발견하고 음미해 보기, 고운 말을 찾아서 활용해 보기, 주위 사람에게 필요한 것이 무엇인지 먼저 알아

차리고 챙겨주기, 누가 시키는 사소한 부탁도 잊지 않고 충실히 기억하는 심부름꾼 되기 등등, 사랑과 관심의 눈길을 조금만 더 밖으로 돌리면 어느새 밝고 명랑한 기운을 차츰 되찾을 수 있으니 꼭 한번 실천해 보라고 말입니다.

어떤 행복

하늘이 바다인지
바다가 하늘인지

기쁨이 슬픔인지
슬픔이 기쁨인지

삶이 죽음인지
죽음이 삶인지

꿈이 생시인지
생시가 꿈인지

밤이 낮인지
낮이 밤인지

문득문득 분간을
못 할 때가 있어요

그런데
분간을 잘 못 하는
이런 것들이
별로 문제가 되지 않네요
그냥 행복하네요

이런 행복을
무어라고 해야 할지
그냥
이름 없는 행복이라고 말할래요

어떤 결심 하나

내 사랑하는 이들의
외딴 무덤가에
풀들이 자라는 동안
나는
더 많이 사랑해야겠다고
마음을 모읍니다

그들이 못다 한 사랑까지
다 하고 가려면
한순간도
미움을 허락해선 안 됩니다
눈만 뜨면 할 수 있는
조그만 사랑을 더 많이
만들어야 합니다

내가 사랑하는 이들의

동그란 무덤가에

바람이 부는 동안

나는

더 많이 웃어야겠다고

노래해 봅니다

그들이 못다 한 웃음까지

다 웃고 가려면

한순간도 우울할 틈이 없습니다

눈만 뜨면 발견하는 조그만 기쁨들을

더 많이 만들어야 합니다

가장 사랑하는 동기 수녀 중 한 명을 저세상으로 보낸 6월의 첫날, 뻐꾹새 소리를 들으며 하얀 나비들의 춤을 보노라니 '여기가 바로 천국이네' 하는 생각에 슬픔도 잠시 잊어봅니다. 고별사에서 저는 과묵하고 덕이 넘쳤던 그녀의 일생을 초록빛 침묵이라고 표현했습니다.

제가 특별히 좋아하는 6월에 먼 길 떠난 친구가 한편으론 부럽기도 합니다. 요즘은 거의 매일 누군가의 아프고 슬픈 사연을 듣고 뜻하지 않은 사고와 병으로 죽어간 이들의 부음을 들으니 아무리 좋은 것을 보고 맛있는 음식을 먹어도 잘 웃게 되질 않습니다. 우리 수녀원 성당 앞 게시판에는 거의 매일 다른 교구 사제나 수녀들의 죽음을 알리는 부고, 우리 집 수녀들의 부모나 형제들의 죽음을 알리는 부고가 붙어 있습니다.

'오늘은 어제 죽어간 사람이 그토록 살고 싶어 했던 내일', '오늘은 내 남은 생애의 첫날', '내일 죽을 것처럼 오늘을 살고 영원히 살 것처럼 배우자', 이런 말들을 다시 기억하면서 오늘도 최선을 다하자고 다짐해 봅니다. 어쩌다 가끔은 죽은 이들이 꿈속에 나타나 기도를 부탁하거나 살아 있는 동안 더 열심히 살라는 메시지를 전달받은 체험을 누구나 한 번쯤은 했을 것입니다. 이런 경험을 할 적마다 일상의 길 위에서 정말 죽을힘을 다해 사랑하고, 죽을힘을 다해 용서하고, 죽을힘을 다해 기도한 적이 있는가 반성하곤 합니다. 매일의 삶에서 작은 사랑과 기쁨을 만드는 것은 그리 거창한 것이 아니라 이기적인 예민함에서 아주 조금만 이타적인 예민함으로 건너가는 용기일 것입니다.

요즘 자주 듣는 방콕, 집콕, 자가격리, 물리적 거리 두기라는 단어 자체가 소외감과 단절을 느끼게 해서인지 오랜만에 외출이 허락되어 못 보던 친지를 만나면 전보다 훨씬 반갑고 따뜻한 기쁨을 맛보게 됩니다. 이런 것이 바로 소박한 행복이 아닐는지요. 딱히 치매에 걸리지 않더라도 살다 보면 정신없고 무언가 잘 식별이 안 되는 자신의 무지와 어리석음이 힘들고 부끄러워 숨고 싶을 때가 있습니다. 그래도 아직은 햇빛 속에 살아서 사랑하는 이들과 눈을 마주칠 수 있는 기쁨을 새롭게 감사하게 됩니다.

세상 모든 이가 하나의 점과 선처럼 긴밀히 연결되어 있음을 재발견해 가는 기쁨도 감사하면서 먼저 세상 떠난 이들의 '살고 싶었던 몫'까지 살아야겠다는 욕심을 가져봅니다. 그래서 더 많이 사랑하고 더 많이 감사하면서 살 수 있다면 죽을 때도 기쁨과 행복을 끌어안는 사람이 될 것이라 믿으며 가만히 두 손 모읍니다.

평화로 가는 길은

이 둥근 세계에
평화를 주십사고 기도하지만
가시에 찔려 피나는 아픔은
날로 더해갑니다
평화로 가는 길은 왜 이리 먼가요
얼마나 더 어둡게 부서져야
한 줄기 빛을 볼 수 있는 건가요
멀고도 가까운 나의 이웃에게
가깝고도 먼 내 안의 나에게
맑고 깊고 넓은 평화가 흘러
마침내는 하나로 만나기를
간절히 기도하며 울겠습니다
얼마나 더 낮아지고 선해져야
평화의 열매 하나 얻을지
오늘은 꼭 일러주시면 합니다

꽃들이 떠난 자리엔 온통 초록의 잎사귀들로 가득하고 간간이 뻐꾹새 소리 들려오는 숲은 그 어느 때보다도 아름다운 나무들의 향기를 뿜어냅니다. 6월의 달력을 넘기다 보면 여러 기념일 중 아무래도 6·25 한국전쟁일에 눈길이 머뭅니다. 우리나라는 남한, 북한으로 나뉜 유일한 분단국가라는 것, 같은 언어를 사용하는 민족끼리 아직도 서로 불신하며 산다는 것, 분단과 비극의 주인공들임에도 그 사실을 자주 잊고 평화와 통일에 대한 갈망조차 거의 체념하고 산다는 사실이 마음을 아프고 슬프게 하는 6월입니다.

수도 공동체에서 단 하루도 평화를 위하여 기도하지 않은 날이 없지만 어떤 인터뷰에서 막상 평화에 대한 물음을 받으면 무어라고 말할지 몰라 당황해하는 저를 봅니다. 제 작업실 한 모서리에 세워진 40대 초반 잘생긴 남자의 사진을 보면 다들 '영화배우인가요?' 묻는데, "1950년 9월 납치당하기 전에 찍은 걸로 추정되는 우리 아버지예요"라고 답하며 전쟁 당시 만 다섯 살이던 제가 기억하는 총소리, 방공호의 퀴퀴한 냄새, 트럭을 타고 부산으로 떠난 피란길 등등 몇 토막의 옛이야길 들려주기도 합니다. 행여라도 아버지의 소식 한번 들을 수 있을까 하는 기다림 속에 내내 안타까워하시던 어머니, 아버지의 모습을 닮은 언니와 오빠도 이젠 다 저세상으로 떠났으니 그쪽에서라도 이산가족의 한을 풀 수 있었기를 소망해 봅니다.

맑고 부드럽고 고요한 이미지로서의 정적인 평화가 있다면, 많은 고뇌와 갈등의 눈물 속에 빚어진 동적인 평화도 있을 것입니다. 그리고 많은 경우 이 평화는 한 개인을 넘어 공동선으로 확산되어 가는 평화, 안팎으로 개인과 나라를 성숙시키는 아름다운 평화일 것입니다. 평화에 대한 성가만 열심히 부르지 말고 지금부터라도 좀 더 평화를 위하여 일하는 사람이 되자, 작은 일부터 시작해 보자 다짐하며 몇 가지의 평범하지만 구체적인 실천 사항을 적어보는 오늘입니다.

대단한 평화의 투사는 못 될지언정 일상의 길 위에서 내 나름대로의 '평화의 일꾼', '평화의 도구'라도 되어보리라 마음먹으며 수첩에 적어보는 메모 몇 가지.

1) 공동체 안에서 우정의 평화를 깨뜨리는 험담이나 뒷담

화의 악습을 삼가고 사람과 사람 사이에 평화를 위한 중간 역할이 필요할 땐 지혜롭고 용기 있게 대처하자.

2) 우리나라 역사와 평화에 대한 좋은 책을 찾아 읽으며 꾸준히 공부하자.

3) 나라를 다스리는 이들의 어떤 행동이나 방침에 대해 더러 못마땅해하거나 이의를 제기할 순 있지만 무심결에라도 내가 사는 나라를 함부로 비하하거나 저주하는 부정적 언어를 사용하지 말도록 하자.

4) '기도해도 소용없다'는 소극적이고 낙담하는 태도를 지양하고 두 동강 난 우리나라와 국민을 진심으로 걱정하며 작은 희생을 곁들인 기도를 꾸준히 바치도록 하자 (십자가 옆에 대한민국 지도가 걸린 나무 묵주를 찾아서 기도하기).

내가 태어나 숨을 쉬는 땅

겨레와 가족이 있는 땅

부르면 정답게 어머니로 대답하는

나의 나라 우리나라를 생각하면

마냥 설레고 기쁘지 않은가요

말 없는 겨울산을 보며

우리도 고요해지기로 해요

봄을 감추고 흐르는 강을 보며

기다림의 따뜻함을 배우기로 해요

좀처럼 나라를 위해 기도하지 않고

습관처럼 나무라기만 한 죄를

산과 강이 내게 묻고 있네요

부끄러워 얼굴을 가리고 고백하렵니다

나라가 있어 진정 고마운 마음

하루에 한 번씩 새롭히겠다고

부끄럽지 않게 사랑하겠다고

- 이해인의 시 〈우리나라를 생각하면〉

전쟁으로 우울한 유년기를 보낸 그 꼬마가 이제는 70대의 노수녀가 되어 '도와주세요!' 하며 낡은 사진 앞에 두 손 모으니, 딸에게 과자를 건네던 모습으로 웃으시는 아버지! 저 깊이 묻어둔 눈물샘이 올라오니 백신 후유증인 몸살기를 핑계 삼아 오늘은 조금 울어야겠습니다.

7월은 치자꽃 향기 속에

7월은 나에게
치자꽃 향기를 들고 옵니다

하얗게 피었다가
질 때는 고요히
노란빛으로 떨어지는 꽃은
지면서도 울지 않는 것처럼 보이지만
사실은 아무도 모르게
눈물 흘리는 것일 테지요

세상에 살아 있는 동안만이라도
내가 모든 사람들을
꽃을 만나듯이 대할 수 있다면
그가 지닌 향기를
처음 발견한 날의 기쁨을

되새기며 설렐 수 있다면
어쩌면 마지막으로
그 향기를 맡을지 모른다고 생각하고
조금 더 사랑할 수 있다면
우리의 삶 자체가
하나의 꽃밭이 될 테지요

7월의 편지 대신
하얀 치자꽃 한 송이
당신께 보내는 오늘
내 마음의 향기도 받으시고
조그만 사랑을 많이 만들어
향기로운 나날 이루십시오

해마다 6월이 되면 〈6월의 장미〉라는 저의 시를 많은 분들이 보내주어서 하나의 안부 편지처럼 읽었는데, 7월에는 제가 먼저 이 시로 한여름의 첫 인사를 드리고 싶습니다.

돌아가신 제 어머니가 해마다 꽃잎을 말려서 보내며 좋아하신 치자꽃을 '어머니의 옥양목 겹저고리' 같다고 어느 시에서 표현한 일이 있습니다.

다들 힘겹게 살던 1950년대의 초등학교 시절 학교 교실과 복도를 치자 열매로 물들이던 추억도 있어 해마다 수녀원에 가득 피는 치자꽃을 보면 꽃잎과 잎사귀뿐 아니라 그 독특한 향기도 매우 반갑고 정겹습니다. 꽃이 사람처럼 말을 할 수 있다면 '우릴 보고 늘 예쁘다고 말들 하시지만 필 때도 질 때도 사실은 참 많이 아프답니다'라고 할 것 같습니다.

평소엔 너무도 참을성 많던 친구 수녀가 임종을 며칠 앞두고 극심한 고통에 일그러진 모습으로 신음하는 것을 보면서 '사람꽃도 마지막엔 저리 아프게 가는구나. 겁이 많은 나는 어쩌지?' 하고 생각한 일이 있습니다. 예기치 않은 코로나19 사태가 길어지면서 집 안에만 있는 시간이 많다 보니 가족끼리 전에 없이 사소한 일로 마음 상하는 일이 많다고 들었습니다. 수도원도 예외는 아니어서 가끔은 필요 이상으로 서로 예민해지고 별로 중요하지 않은 일로 오해하거나 의견 충돌이 일어나곤 합니다. 저도 최근에 어떤 일로 동료와 마찰을 빚어 이틀 만에 용서를 청하긴 했지만 화해하기까지의 그 시간이 얼마나 힘들고 길게 느껴졌는지 모릅니다.

하루하루가 하나의 꽃밭이 되게 하려면, 사람과 사람 사이에 향기로운 웃음을 꽃피우려면 스스로를 통제할 수 있는 깊은 인내와 강한 의지력이 필요하다는 것을 살아갈수록 더욱 알게 됩니다. 갈수록 더 힘들게 여겨지는 한여름의 폭염을 어찌 견딜지 벌써부터 걱정이 되기에 나만의 여름 나기 수련법 몇 가지를 적어봅니다. 첫째, 실제로 수영은 못 가도 독서의 바다에 깊이 빠지기, 둘째, 덥다는 푸념이 습관적으로 나올 적마다 태양을 예찬하며 옆 사람에게 덕담 하나씩 건네기, 셋째, 누가 마음 상하는 말을 하면 너무 더워서 본의 아니게 짜증을 내는 거니 그만의 향기를 찾아내고 기억하며 좋은 마음으로 참아내기 등 구체적인 실습을 시작하려 합니다.

비 온 뒤 어느 날

은행나무를 흔드는 바람 소리가
오늘은 세상에서 가장 아름다운 음악입니다

비에 쓰러졌던 꽃나무들이
열심히 일어서며 살아갈 궁리를 합니다

흙의 향기 피어오르는 따뜻한 밭에서는
감자가 익어가는 소리

엄마는 부엌에서 간장을 달이시고
나는 쓰린 눈을 비비며 파를 다듬습니다

비 온 뒤의 햇살이 찾아준 밝은 웃음을 나누고 싶어
아아 아아 감탄사만 되풀이해도 행복합니다

마음이여 일어서라 꽃처럼 일어서라
기도처럼 외워보는 비 온 뒤의 고마운 날

나의 삶도 이젠
피아노 소리 가득한 음악으로 일어서네요

천둥 번개까지 치며 밤새 폭우가 쏟아지면 조금 겁도 나고 무서운데, 아침에 다시 햇빛을 보고 맑은 하늘을 보면 얼마나 신기한지 몇 번이고 하늘을 올려다보곤 합니다.

"마음의 여유가 없어서인가 우린 평소에 하늘을 잘 안 보는 경향이 있지?" 친구 수녀가 제게 말했습니다. 폭풍에 꽃과 나무들이 쓰러지진 않았을까 걱정되어 정원에 나가면 어쩌다 쓰러진 것도 더러 있지만 대부분 의연하게 제자리를 잘 지키고 있는 모습에 눈물이 날 만큼 감동을 받곤 합니다. 간밤 꿈엔 12년 전에 돌아가신 어머니의 환히 웃는 얼굴을 모처럼 뵈니 얼마나 반가웠는지! 딸에게 힘내라고 위로의 발걸음을 하신 것 같습니다.

그 어느 때보다 어려움이 많은 내 주변의 친지들 모습을 떠올리다 보니 꽃이나 나무도 각자의 자리에서 '살아갈 궁리'를 한다는 시의 표현이 저에게 새롭게 와닿습니다.

"수녀님, 내 몸이 너무 많이 아프니까 차라리 죽는 게 낫겠다는 생각이 들어요", "웃을 일도 없고 재미없는 이 세상 빨리 떠나고 싶다니까요", 이렇게 푸념하는 이들에게 "그래도 살아 있는 것은 좋은 일이니 일단은 감사해야죠", "낫기 위해 아픈 거라고 스스로 위안을 삼으세요"라고 말을 하지만 저 역시 많이 아플 적엔 이런 말이 스스로 힘이 없게 여겨집니다.

얼마 전 갑자기 왼발에 급성으로 통풍이 와서 얼마나 아프던지 걷는 것도 불편하고 아무 일도 집중을 할 수 없는 안타까움에 울 뻔했는데, 육신의 고통을 마주한 인간의 무력함을 다시 한번 깨우친 시간이었습니다. 몸과 마음이 아플 적엔 어떤 악기보다도 피아노로 연주된 음악들이 위로가 되어 지금도 자주 듣는 편입니다. 오늘은 레온 플라이셔가 연주하는 바흐, 쇼팽, 슈베르트의 곡들을 기도하는 마음으로 들어봅니다.

'꽃처럼 일어서라.' '마음이여 일어서라.' 오늘은 나 자신에게 이렇게 말하고 싶네요. "매일을 살아가는 일이 너무 버거우니 수녀님의 글씨로 힘내라 한마디만 써 보내주세요"라는 편지를 보낸 어느 독자에게도 다시 힘내라고, 한 송이 꽃으로 일어서라고 말해야겠습니다. 거짓말처럼 통증이 멎고 나니 비온 뒤의 맑고 밝은 햇빛이 마음에도 스며들어 '누굴 좀 도와줄 일이 없나?' 하고 사소하지만 뜻깊은 애덕의 행동을 하고 싶은 열망이 저를 재촉하니 행복합니다.

어떤 죽은 이의 말

안녕?
나는 지금 무덤 속에서
그대를 기억합니다

이리도 긴 잠을 자니
편하긴 하지만
땅속의 차가운 어둠이
종종 외롭네요

아직 하고 싶은 일도 많고
보고 싶은 이들도 많은데
이리 빨리 떠나오게 될 줄 몰랐지요
나의 떠남을 슬퍼하는 이들의
통곡 소리가 아직도 귀에 선해요

서둘러 오느라고
인사도 제대로 못 해 미안합니다

꼭 한 번만 살 수 있는 세상
내가 다시 돌아갈 순 없지만
돌아간다면 더 멋지게 살 거라고
믿는 것도 나의 착각일 겁니다

내 하고 싶은 많은 말들
다 못 하고 떠나왔으나
그래도 이 말만은 꼭 하고 싶어요

삶의 정원을
순간마다 충실히 가꾸라는 것
다른 사람의 말을 잘 새겨듣고

웬만한 일은 다 용서할 수 있는
넓은 사랑을 키워가라는 것

활활 타오르는 뜨거움은 아니라도 좋아요
그저 물과 같이 담백하고 은근한 우정을
세상에 사는 동안 잘 가꾸려 애쓰다 보면
어느새 큰 사랑이 된다는 것
오늘도 잊지 마세요. 그럼 다음에 또……

요즘 부쩍 가까운 지인들의 부음을 듣는 일이 많아 잠 안 오는 시간들이 이어집니다. 오랜 시간 따뜻한 우정을 나누던 어느 자매가 갑자기 암 진단을 받고 수술 후 "수녀님처럼 명랑 투병할게요"라고 안부를 전해온 지도 얼마 안 되었는데 세상을 떠났다는 비보를 들으니 어찌나 놀랍고 슬프던지요.

바로 같은 날, 우리 수녀회 김지상 레티치아 수녀님이 선종하셔서 어제 장례 미사를 봉헌했습니다. 시기적으로 많은 사람을 초대할 수도 없는 여건이긴 했으나 어쩌면 직계 가족이나 친지가 단 한 명도 참석하지 않은 이례적인 예식이었고 고별식에서도 특별한 성가 대신 서원식에 부르는 봉헌 노래만 합창하는 것으로 진행되었습니다.

마지막 입원을 앞두고 제게 우리가 공동으로 외우는 기도문의 어떤 구절이 번역이라 그런지 어색하게 느껴지니 꼭 수정해 주길 바란다는 말을 유언처럼 남기고 떠난 우리 수녀님, 스스로 가난과 침묵과 겸손의 삶을 표양으로 보여주신 수녀님답게 너무도 소박하고 간소하게 치러지는 장례식을 보면서 새삼 더 존경스럽고 부럽기도 하였습니다. 장례를 마치고 그분의 유품을 복도에 전시하는데 라틴어로 성경을 정교하게 필사한 큰 노트 다섯 권과 당신의 맘에 드는 글들을 스크랩하여 보관한 몇 가지가 전부였습니다.

종이 상자 뚜껑을 액자로 삼아 거기에 붙여둔 일본 작가 소노 아야코의 말을 저는 더 많은 이들과 공유하고 싶어 여기에 소개합니다. 돌아가신 수녀님과도 연배가 같은 작가의 다음 말들을 그대로 실천하다 떠나신 우리 수녀님을 추모하며 부족한 후배 수녀로서 그분의 영성을 조금이나마 닮아갈 수 있길 기도합니다. "세월이 흐르면서 우리가 원하는 것을 손에 넣는 것보다 그것들이 그다지 필요하지 않다는 것을 깨달을 때 우리는 진정한 부자가 된다"는 구절이 특히 마음에 와닿습니다.

1) 차츰 개인의 물건을 줄여나간다.
2) 노년의 고통을 인간 완성을 위한 선물로 받아들인다.
3) 혼자서 즐기는 습관을 들인다.
4) (내면의 고요를 위하여) 외출을 삼간다.
5) 타인으로부터 오는 마음의 위안을 끊는다.

6) 자신의 죽음이 남아 있는 사람들에게 기쁨이 되도록
   노력한다.

- 소노 아야코의《100년의 인생, 또 다른 날들의 시작》중에서

사랑의 의무

내가 가장 많이
사랑하는 당신이
가장 많이
나를 아프게 하네요

보이지 않게
서로 어긋나 고통스러운
몸 안의 뼈들처럼
우린 왜 이리
다르게 어긋나는지

그래도
맞추도록
애를 써야죠
당신을 사랑해야죠

나의 그리움은
깨어진 항아리
물을 담을 수 없는
안타까움에
엎디어 웁니다

너무 오래되니
편안해서 어긋나는 사랑
다시 맞추려는 노력은
언제나
아름다운 의무입니다

내 속마음 몰라주는
당신을 원망하며
미워하다가도
문득 당신이 보고 싶네요

"남에게 해야 할 의무를 다하십시오. 그러나 아무리 해도 다할 수 없는 의무가 한 가지 있습니다. 그것은 사랑의 의무입니다"(로마서 13, 8). 우리가 외우는 기도서에도 자주 나오는 이 말의 뜻을 수도 연륜이 깊어지면 깊어질수록 아주 조금은 이해할 수 있을 것 같습니다. 가정이나 직장에서도 서로 사랑해야 할 책임과 의무가 우선이지만 뜻대로 되지 않을 때 우리는 좌절합니다. 수녀원에서도 인사이동 철이 되면, 특히 소공동체의 팀원이 바뀔 적마다 새로운 인연을 고마워하면서도 다시 맺어야 할 관계 때문에 긴장하고 걱정하는 모습을 봅니다.

"이론상으로는 쉬울 것 같은데 실제로 함께 사는 일은 왜 이리도 어려운 것일까요?" "멀리 있는 이들 챙겨주고 사랑하는 일은 잘되는데 정작 가장 가까이 있는 이들을 진심으로 이해하고 사랑하는 일에는 끝없는 인내와 용기가 요구된다니까요." "가까운 이들에게 쉽게 상처받고 온전히 용서 못 하는 나 자신을 발견할 적마다 얼마나 실망스러운지요." "가까운 이들에게 느낀 서운함은 그 뒤끝이 오래가서 괴롭다니까요."

어느 날 함께 사는 수녀들이 서로 주고받는 말을 들으며 저도 고개를 끄덕입니다. 노년의 여정에 있다 보니 쉽게 외로움을 타서인가 수십 년간 공들여 온 우정의 관계에서도 아주 사소한 일로 서운해하는 저 자신의 모습을 발견하게 됩니다. 체면 때문에 겉으론 내색 못 하고 속으로만 끙끙 앓을 적이 더 많은 것 같습니다. 인간적으로 부담 없이 즐거운 이야길 나누고 싶은데 듣는 이가 계속 거룩하고 종교적인 말만 하거나, 친구니까 슬쩍 내 자랑 좀 해도 되겠지 싶어 어떤 경험담을 말할 때 정색을 하고 '겸손'에 대한 훈계조의 레슨을 시작하면 '좀 그냥 지나치면 안 되나?' 생각하면서 벗으로서의 따뜻한 말 한마디, 응원의 눈길이 더없이 그리워질 때가 있습니다.

저 역시 다른 사람들에게 같은 실수를 많이 했기에 드러내놓고 표현은 못 하지만, 때로는 서운한 뒤끝이 생각보다 오래가서 스스로 반성하곤 합니다. 서로 맞지 않아 어긋나는 뼈에 빗대어 관계의 어려움을 표현해 본 이 시를 좋아해준 독자들에게도 고마워하며 저는 '너무 오래되니 편안해서 어긋나는 사랑'을 '다시 맞추려는' 힘들지만 꼭 필요한 노력을 더욱 열심히 기쁘게 계속해야겠다고 다짐해 봅니다.

오늘의 행복

오늘은
나에게 펼쳐진
한 권의 책

두 번 다신 오지 않을
오늘 이 시간 속의
하느님과 이웃이
자연과 사물이
내게 말을 걸어오네

시로 수필로
소설로 동화로
빛나는 새 얼굴의
첫 페이지를 열며
읽어달라 재촉하네

때로는
내가 해독할 수 없는
사랑의 암호를
사랑으로 연구하여
풀어 읽으라 하네

아무 일 없이
편안하길 바라지만
풀 수 없는 숙제가 많아
삶은 나를 더욱
설레게 하고
고마움과 놀라움에
눈뜨게 하고

힘들어도

아름답다
살 만하다
고백하게 하네

어제와 내일 사이
오늘이란 선물에
숨어 있는 행복!

언제 끝이 날지 모르는 팬데믹 시대를 살면서 힘든 시간이 길어지니 예기치 않게 닥친 시련을 좋은 마음으로 극복하겠다던 의지도 차츰 약해지고 가족이나 친지들과의 관계까지 예상과 달리 삐걱댈 때가 많은 것 같습니다. 생활 속의 거리 두기가 마음 안에까지 이어져 가까운 이들과의 사이가 왠지 멀어지는 경험을 할 땐 살짝 당황하게 됩니다.

요즘은 저도 부쩍 더 실감하는 노년의 나이 탓인지 '안 아픈 데보다 아픈 데가 더 많은 것을 본인 아니곤 누가 알까?' 속으로 푸념하면서 우울해지고, 식탁의 대화에서도 젊은이들끼리만 친밀히 소통하는 모습에 소외감을 느끼게 되고, 정작 어떤 도움이 필요할 땐 아무도 없는 것 같은 외로움이 엄습해 올 때가 있습니다. 이에 더해 제 주변에서 너무도 많은 이들이 세상을 떠나 슬프고 어쩌다 가끔 연락을 해오는 친지들도 좋은 소식보다는 아프고 힘들고 괴로운 소식을 전하며 기도를 부탁하니 '나도 우울증 걸릴 것 같네' 하며 혼잣말을 할 때가 있습니다. 그래서 저는 병원에서 암 수술 후 힘겹게 투병하며 하루 한순간을 더없이 소중히 여겼던 13년 전의 첫 마음으로 돌아가 일상의 행복을 찾아야겠다고 결심했습니다. '두 번 다시 오지 않을 이 시간' '힘들어도 살 만하다'라는 이 시의 구절에 한참 눈길이 머뭅니다.

　지극히 당연하게 여겨왔던 모든 것에 새롭게 감사하기, 함께 사는 이들이 때로는 좀 힘들게 해도 절대로 막말을 하거나 날카롭게 대하지 않기, 나만을 향한 이기적인 관심을 이타적인 관심으로 돌려서 끊임없이 누군가를 기쁘게 할 궁리를 하기, 산책을 하다 발견한 아름다운 꽃이나 나무의 이름을 모르면 꼭 찾아서 알아두려는 노력을 하기, 바빠도 손에서 책을 놓지 않으며 감동받은 구절은 혼자서만 좋아하지 말고 친지들과도 나누기, 극히 사소한 일을 목숨 걸고 따지는 소인배가 되지 말고 웬만한 일은 '넘어가는' 대인배가 되겠다고 다짐하기, 소인이 되지 말고 군자가 되겠다는 결심을 세우고 마음 돌보기에 도움이 되는 《논어》를 다시 탐독하기 등등. 마음속의 노트에 빼곡히 적어두니 행복합니다.

어둡다고 불평하는 것보다 촛불 한 개라도 켜는 것이 더
낫다. (중국 격언)

살아온 기적이 살아갈 기적이 된다고/ 사노라면/ 많은 기쁨이 있다고 (김종삼의 시 〈어부〉 중에서)

삶은 순간순간의 있음이다. 그 한때를 최선을 다해 최대한으로 살 수 있어야 한다. (법정 스님)

평소에 제가 좋아하는 이 구절들도 가까이 불러 모아 가슴에 앉힙니다. 몸에는 의사가 처방해 준 약을, 정신에는 책이라는 약을 기도처럼 먹다 보면 힘든 중에도 살아갈 힘이 생기고 어느새 슬며시 행복이 찾아올 것을 믿습니다. 오늘의 시간 속에 일어나는 일들, 사람들과의 만남 속에 숨어 있는 뜻을 잘 읽어내려 애쓰는 인생 공부를 부지런히 하다 보면 말입니다.

침묵

맑고 깊으면
차가워도 아름답네

침묵이란 우물 앞에
혼자 서보자

자꾸자꾸 안을 들여다보면
먼 길 돌아 집으로 온
나의 웃음소리도 들리고

이끼 낀 돌층계에서
오래오래 나를 기다려온
하느님의 기쁨도 찰랑이고

"잘못 쓴 시간들은

사랑으로 고치면 돼요”
속삭이는 이웃들이
내게 먼저
화해의 손을 내밀고
고마움에 할 말을 잊은
나의 눈물도
동그랗게 반짝이네

말을 많이 해서
죄를 많이 지었던 날들
잠시 잊어버리고
맑음으로 맑음으로
깊어지고 싶으면
오늘도 고요히
침묵이란 우물 앞에 서자

가을이 되니 시집을 일부러 찾아 읽게 되는데, 가끔은 성당 안에서도 시집을 꽂아두고 읽을 때가 있습니다. 며칠 전에는 오래전에 발간된 저의 시집이 눈에 띄어 읽다가 〈침묵〉이란 제목의 시가 문득 새롭게 눈에 들어왔습니다. 요즘은 집에만 있는 시간이 많으니 말을 많이 할 기회가 그리 많진 않아 다행으로 여깁니다. 한 달에 한 번 집중 기도를 하는 날이 있는데 그럴 적마다 유독 '그동안 사람들 앞에서 강의로, 대화로, 글로 너무 많은 말을 했다'는 생각이 들어 누가 무어라고 하는 것도 아닌데 혼자서 부끄러워 얼굴을 붉히곤 하였습니다.

내가 사는 공동체 안에서도 가장 많이 주의를 듣는 것이 침묵에 대한 것입니다. 모든 일과를 다 끝내고 난 끝기도 후 밤에서 아침까지의 대침묵이 아니더라도 성당에서 식당에서 복도에서 침방에서 꼭 필요한 말만 조용히 하는 소침묵을 잘 지키라는 것인데, 우리는 자신도 모르게 큰 소리로 말을 해서 원장님께 주의를 들을 때가 있습니다.

마더 데레사는 괴로움의 원인이 되는 쓸데없는 말들을 삼가는 혀의 침묵뿐 아니라 눈과 마음 그리고 지성의 침묵도 잘 지키라고 말합니다. 타인의 결점 찾기를 멈추는 눈의 침묵, 험담과 소문을 실어 나르는 소리를 막는 귀의 침묵, 이기심·미움·질투·탐욕을 피하는 마음의 침묵, 거짓됨과 파괴적인 생각, 의심과 복수심을 차단하는 지성의 침묵을 지키도록 늘 깨어 있으라고 강조합니다.

수도자들도 세상 돌아가는 것을 얼마쯤은 알아야 구체적인 기도에 도움이 되기에 저도 나름대로 열심히 지역 신문을 포함한 여러 종류의 신문을 골고루 찾아 읽는데, 크게 실어도 좋을 미담은 아주 작게 나오고 부각시키지 않아도 좋을 기사들은 너무 크게 나와 아침부터 마음에 부담이 될 때가 많습니다.

특히 국민의 본보기가 되어야 할 정치인들이 서로의 잘못만 탓하며 과격한 막말을 쏟아낼 적마다 안타까운 마음이 들곤 합니다. 좀 더 유익하고 정화된 말을 하기 위해 우리는 자주 침묵이란 우물 속에 들어가 마음을 헹구는 노력을 해야 될 것 같습니다.

맑고 푸른 하늘이 우리를 선하고 아름다운 삶으로 초대하는 이 가을, 우리는 모두 각자의 자리에서 묵도하는 한 그루 고요한 나무가 되어 마음의 우물을 들여다보며 끊임없이 언어를 정화시켜 가는 코로나 시대의 겸허한 현자들이 되어야겠습니다. 말을 더 잘하기 위한 침묵의 애호가가 되면 좋겠습니다. 오만과 독선으로 경직된 차가운 침묵이 아니라 사랑과 겸손을 바탕으로 한 따뜻한 침묵의 주인공이 되는 기쁨으로 말입니다.

빈 병을 사랑하며

빈 병을 보면
늘 가슴이 뛰어요
보석함은 아니지만
동그랗고 귀여운
갸름하고 우아한
날카롭고 화려한
여러 모양의 빈 병들을
모으고 나누면서

행복을 파는
선물 가게 주인으로
일생을 보냈어요

어떤 이들에겐 들꽃을
어떤 이들에겐 조가비를

어떤 이들에겐 성서나
시의 구절을 적어
빈 병에 넣어 주면
그들은
별것도 아닌 게
예쁘네 아름답네
웃으며 감탄했고
나는 흐뭇했어요

이렇게 저렇게
빈 병들을 나누고 나니
이제는 내가
하나의 빈 병으로 서서
가만히 누군가를
기다리고 있네요

한때는 유치원의 교실이기도 했던 저의 널찍한 작업실에는 여러 종류의 빈 병이나 빈 통들이 많아 제발 이젠 그만 모으고 좀 버리라고 동료들이 핀잔을 주지만, 크고 작은 빈 병들은 늘 저를 설레게 하는 '선물 담기 대기조', '나눔 위한 기쁨조'라서 버릴 수가 없습니다. 제대로 갖추어진 꽃병이 아니라도 쓰레기통으로 직행할 수 있는 음료수병을 잘 씻고 리본을 묶어 그 안에 작은 들꽃을 꽂거나 앙증스러운 조가비 몇 개를 담고 시가 있는 미니 카드까지 곁들여서 축일을 맞이하는 수녀나 오랜 시간 투병 중인 수녀에게 들고 가면 좋은 선물이 됩니다.

지금도 숨어 있는 빈 병을 몇 개 찾아놓고 무엇을 담아 누구에게 줄까 즐거운 궁리 중입니다. 이런 일이 습관이 되다 보니 다른 수녀님들도 자주 찾아와서 "예쁜 빈 병 하나 주어보세요. 이 방엔 쓸모없이 쓸모 있는 병들이 많잖아요" 합니다. 얼마 전에 우리 수녀회 설립 90주년을 지내면서 새로 만든 가족 앨범을 보니 500명도 넘는 전 회원들 중에 저의 서열이 50번 안에 드는 그야말로 큰언니에 속하는 원로임을 새삼 가늠하며 세월의 빠름을 절감하지 않을 수 없었습니다.

외부 손님 초대 없이 소박하게 치른 미사와 감사 축제 프로그램에서는 제가 축시를 낭송하면서 100주년에는 세상에 없을지도 모르기에 더 잘 들어달라고 부탁하니 이왕이면 살아서 100주년 시도 써서 낭송하라는 덕담을 해 웃었습니다. 수련소 자매들의 노래와 춤, 젊은 수녀들의 단막극도 있었는데 그중 제일 인상적인 것은 영상을 띄워놓고 과거와 현재의 수녀가 만나서 짝이 되는 장면이었습니다. 이미 세상을 떠난 예전의 미리암 수녀님과 현재의 미리암 수녀가 사진상으로 함께한 것인데, 이런 식으로 수십 명의 주인공들이 짝을 지어 등장하니 절로 숙연해졌습니다. 마치 죽은 이들이 부활한 모습을 본 듯한 오래된 그리움과 반가움에 왈칵 눈물이 났습니다. 언젠가는 내 수도명도 어느 후배가 받아서 같은 이름으로 불리겠구나 생각하니 이 순간의 살아 있음이 더욱 소중해 어느새 스스로 빈 병이 된 마음으로 이렇게 속삭였습니다.

꽃이여

어서 와서

한 송이의 사랑으로

머물러다오

비어 있음으로

종일토록 너를 그리워할 수 있고

비어 있음으로

너를 안아볼 수 있는 기쁨에

목이 쉬도록

노래를 부르고 싶은 나

닦을수록 더 빛나는

고독의 단추를 흰옷에 달며

지금은 창밖의

바람 소릴 듣고 있다

너를 만나기도 전에

어느새 떠나보낼 준비를 하는

오늘의 나에게

꽃이여

어서 와서

한 송이의 이별로 꽂혀다오

– 이해인의 시 〈빈 꽃병의 말〉

뒷모습 보기

누군가의 뒷모습을
가만히 바라보는 일은
내 마음을 조금 더 아름답고
겸손하게 해줍니다

이름을 불러도 금방 달아나는
고운 새의 뒷모습
이름을 부르기도 전에
춤을 추며 떠나는
하얀 나비의 뒷모습
바닷가에 나갔다가
지는 해가 아름다워
한참 동안 그 자리에 서 있는
어느 시인의 뒷모습
복도를 조심조심 걸어가거나

성당에 앉아 기도하는

수녀들의 뒷모습

세상을 떠나기 전

어느 날 내 꿈속에 나타나

훌훌히 빈손으로

수도원 대문 밖을 향해 떠나시던

내 어머니의 뒷모습

어느 빈소에서

사랑하는 이의 영정 사진을

보고 또 보면서 흐느끼는

가족들의 뒷모습

앞모습과 달리 뒷모습은

왜 조금 더 슬퍼 보이는 걸까

왜 자꾸 수평선을 바라보고 싶게 만드는 걸까

언젠가는 세상 소임 마치고
떠나갈 나의 뒷모습도
미리 생각하면서

조용히 가을비가 내리는 오늘, 미셸 투르니에의 글에 에두아르 부바의 사진이 함께 있는 《뒷모습》이라는 사진집을 들여다보다가 제가 전에 쓴 시 〈뒷모습 보기〉를 다시 읽어봅니다.

어느새 노랗게 빨갛게 물든 나뭇잎들이 여기저기서 작별을 고하며 떨어지기 시작하는 11월의 오후, 나이 들수록 가는 시간이 더 빠르게 느껴진다는 말을 새삼 더 실감하게 됩니다.

가톨릭 전례력에서 11월은 '위령성월'이라 하여 특별히 죽음을 묵상하는 달이라서 친지들의 묘지도 평소보다 자주 방문하며 기도를 바치는 때입니다. 그래서 저도 친구 수녀랑 수녀원 묘소에 올라가 먼저 떠난 40여 명의 수녀님을 위한 연도를 바치며 죽음에 대한 묵상을 좀 더 구체적으로 하고 가신 이들과의 대화도 나누려고 합니다.

《사람은 가도 사랑은 남는다》, 《당신과 함께, 나도 죽었다》, 《애도예찬》, 《애도의 문장들》이란 제목의 책들을 가까이 두고 보는 요즘, 사무실 책상 위에 촛불을 밝혀두고 최근에 별세한 이들의 책과 사진 그리고 편지들을 펼쳐둔 채 기도하는 마음으로 하루를 봉헌하곤 합니다. 아직 잊지 않고 기억해 주어 고맙다고 사진 속에서 미소 짓는 이들은 가끔 저의 꿈속에도 나타나 함께했던 시간들의 추억 한 조각을 말해주기도 합니다. 세상을 떠난 어머니, 언니, 오빠, 그리고 다정했던 친구와 이웃을 향한 그리움이 너무도 사무칠 때면 '그 나라 주인에게 허락을 구하고 단 하루라도 잠시 이쪽으로 휴가를 다녀갈 순 없을까요?', '아니면 꿈에라도 자주 발현을 하시든가?' 하고 어리석은 혼잣말을 해보곤 합니다. 제가 가만히 사라지는 시간의 뒷모습을 향해 말을 걸면 그는 '글쎄요? 그저 순간순간을 새롭게 감사하는 마음으로 사세요', '사랑할 시간이 생각보단 길지 않으니 더 많이 사랑하고 용서를 미루지 마세요'라고 충고하는 것 같습니다.

최근 어떤 일로 구치소에 들어간 한 자매의 편지를 받은 오늘. "우리 집 거실에 앉아 〈G선상의 아리아〉를 감상하던 시간이 먼 옛날 같네요. 수녀님이 쓰신 글 중에 '몸의 아픔은 나를 겸손으로 길들이고 맘의 아픔은 나를 고독으로 초대하였지'라는 글을 자꾸만 되뇌어 봅니다." 죄를 지은 부끄러움에 벽 쪽으로 돌아앉아 성서를 읽거나 묵주를 손에 든 그녀의 쓸쓸한 뒷모습, 살아서도 이미 죽음을 체험한다고 고백하는 사람들의 아프고 슬픈 뒷모습에 자꾸 눈시울이 뜨거워지는 노을빛 11월! 7개월 만에 가벼운 흰 수도복에서 무겁고 엄숙한 검은빛의 수도복으로 갈아입고 더 깊이 기도할 채비를 차립니다.

상처의 교훈

마주하긴 겁이 나서
늦게야 대면하는
내 몸의 상처

상처는 소리 없이 아물어
마침내 고운 꽃으로 앉아 있네
아프고 괴로울 때
피 흘리며 신음했던 나의 상처는
내 마음을 넓히고
지혜를 가르쳤네

형체를 알 수 없는
마음의 상처를
다스리지 못해 힘들었던 날들도
이제는 내가
고운 꽃으로 피워낼 수 있으리

언제부터인가 저는 길에서 누가 휠체어를 탔거나 깁스를 해서 아픈 것이 눈에 띄는 이들에겐 선뜻 다가가 먼저 인사를 건네곤 합니다. 낯선 이가 말을 거니 처음엔 경계심을 갖고 잠시 의아해하기도 하지만, 아픔에 대해 공감하면서 이야길 나누다 보면 친근해져서 아픔을 다스리는 것에 대한 이런저런 정보도 주고받으며 기도를 약속하기도 합니다.

얼마 전 서울에 갔다 오랜만에 만난 지인은 〈상처의 교훈〉이란 시가 힘들 적마다 크게 도움이 되었다면서 5년 전에 제가 친필로 적어준 쪽지를 보여주었습니다. 특히 "상처는 소리 없이 아물어/ 마침내 고운 꽃으로 앉아 있네"라는 구절을 되뇌며 마음을 다독였다고 했습니다.

11년 전 큰 수술을 하고 나서 생긴 보기 흉했던 상처가 어느 날 흔적은 남았어도 곱게 아문 것을 보고 적었던 시입니다. 상처는 결국 시간이 지나야만 제대로 아문다는 것을 몸이 말해주었습니다. 인내하지 못하고 성급하게 굴면 상처도 화를 내서 그 덧난 상처로 인해 다시 고생이 시작된다는 것을! 믿는 마음으로 순하게 기다리는 태도가 필요함을 모르지 않으면서도 막상 아픔이 오면 일단은 피하고 싶은 게 사실입니다.

요즘 저는 치과에서 계속 큰 치료를 받고 있는데 마취 주사, 신경 치료, 엑스레이 찍기, 본뜨기 등등 그 과정이 어찌나 아프고 불편한지 온몸이 함께 괴로워 며칠간은 계속 누워 있어서 일상생활에 지장이 많았습니다. 평소에 제대로 관리를 못 해 고생을 하는구나 싶어 스스로를 원망도 해보았습니다.

다른 사람들이 아프다고 할 적엔 그저 그런가 보다 건성으로 넘기다가도 정작 나 자신이 아프니 그 아픔이 한층 절실하고 크게 다가오는 현실적인 이기심을 못내 부끄러워하면서 말입니다.

육체적 아픔이든 정신적인 아픔이든 잘만 극복하고 나면 자신도 모르게 어느 정도는 달관의 경지를 맛보는 체험도 하게 됩니다.

쓰라린 것, 쑤시는 것, 콕콕 찌르거나 톡톡 쏘는 것, 짓누른 것, 가려움을 동반한 화끈거리는 것까지 통증의 다양한 종류를 구별해 가면서 약간의 유머를 지니고 대면하는 여유까지도 생깁니다. 도무지 이유와 형체를 알 수 없는 이상한 종류의 마음의 통증까지 시시로 겪다 보면 어느 순간 담대해지고 의

연해진 자신의 모습에 조금은 놀라기도 합니다.

하늘은 푸른데
나는 아프다

꽃은 피는데
나는 시든다

사람들은 웃는데
나는 울고 있다

어디에 숨을 수도 없는
이내 들키고야 마는
오늘의 나

내가 아픈 것을
사람들이
보지 말았으면 좋겠다

그래도 아직

살아 있음을 기뻐하라고?

맞는 말인데
너무 아프니까
자꾸 눈을 감게 돼
옆 사람의 도움도 물리치게 돼

– 이해인의 시 〈통증 단상〉 중에서

언젠가 쓴 이 글을 다시 읽어보면서 앞으로 어떤 모양의 아픔이 오든 그것을 끌어안고 사랑할 수 있는 용기를 지니고 싶습니다. 그 당시는 못 견디게 아팠지만 지나고 나면 그 상처를 꽃처럼 향기로운 훈장으로 여길 수 있게 되었다고 고백할 수 있도록. 상처도 삶의 일부로 받아들여 더 많이 감사할 수 있는 행복을 얻게 되었다고 말할 수 있도록.

송년 엽서

하늘에서
별똥별 한 개 떨어지듯
나뭇잎에
바람 한 번 스쳐가듯

빨리 왔던 시간들은
빨리도 떠나가지요?

나이 들수록
시간은 더 빨리 간다고
내게 말했던 벗이여

어서 잊을 것은 잊고
용서할 것은 용서하며
그리운 이들을 만나야겠어요

목숨까지 떨어지기 전
미루지 않고 사랑하는 일
그것만이 중요하다고
내게 말했던 벗이여

눈길은 고요하게
마음은 뜨겁게
아름다운 삶을

오늘이 마지막인 듯이
충실히 살다 보면

첫새벽의 기쁨이
새해에도 항상
우리 길을 밝혀주겠지요?

해마다 12월이 되면 제가 쓴 이 시를 본인의 마음과 같은 걸로 공감해서인지 무척 많은 사람들이 애용하는 것을 볼 수 있습니다. 어떤 이는 엽서를 만들어 송년 카드로 쓰기도 하고 사회관계망서비스SNS엔 여러 종류의 영상 시가 떠다닙니다.

요즘은 만나는 사람마다 "아니 왜 이리도 시간이 빨리 가는 거지요?", "일 년이 마치 한 달처럼 빠른 것 같아요"라고 푸념 섞인 한숨을 쉬고, 또 어떤 이는 "어떻게 사는 게 잘 사는 건지!"라고 말하기도 합니다.

몇 주 전 남자 고등학생들과 대화하는 시간이 있었는데, 질문 시간에 한 학생이 지금껏 수녀님이 써온 글이나 삶에 자주 인용하거나 영향을 받았던 명언을 구체적으로 소개해 달라고 했습니다. 어쩜 이것은 한 해를 마무리하는 데 어울리는 명언일지도 모르겠습니다.

하나는 《단순한 기쁨》의 저자 아베 피에르 신부가 남긴 말 "삶이란 사랑하기 위해 주어진 얼마간의 자유 시간이다"이고,

또 하나는 중국 격언으로 알려져 있는 "촛불 한 개라도 켜는 것이 어둡다고 불평하는 것보다 낫다"는 말입니다.

지난 한 해 동안 사랑하라고 주어진 자유 시간을 나는 얼마나 알뜰하게 사용했는가? 힘들다고 못 살겠다고 불평할 수 있는 상황에서 그래도 내가 노력한 희망의 촛불 켜기엔 어떤 것이 있었나? 힘든 일들도 나름대로 잘 인내하며 살아낸 일년의 시간을 감사하면서 각자 겸허한 마음으로 자기만의 송년 엽서를 써보면 좋을 것 같습니다. 저는 아래의 글로 송년 엽서를 대신하고 싶습니다. 저의 첫 산문집 《두레박》 중 〈기도 일기 2〉에 실려 있는 이 구절은 정호승 시인과 얼마 전 세상을 떠나신 차동엽 신부님이 저서나 강연에 많이 인용을 해서 사랑받은 글귀이기도 합니다.

사람들로부터 사랑을 많이 받았지만 미움도 더러 받았습니다. 이해도 많이 받았지만 오해도 더러 받았습니다. 기쁜 일도 많았지만 슬픈 일도 많았습니다. "결국 모든 것이 다 소중하고 필요했습니다." 선뜻 이렇게 고백하기 위해서 왜 그리도 오랜 시간이 걸렸는지요.

12월은

12월은
우리 모두
사랑을 시작하는 계절입니다

잠시 잊고 있던
서로의 존재를
새롭게 확인하며
고마운 일 챙겨보고
잘못한 일 용서 청하는
가족 이웃 친지들

12월은
우리 모두
은총의 시간에 물든
겸손하고

소박하고

따뜻한 마음으로

한 해를 마무리하고

새해를 준비하며

세상 사람 누구에게나

벗으로 가족으로 다가가는

사랑의 계절입니다

일 년이 빠르다는 말을 늘 습관처럼 하고 살지만 왠지 올한 해는 더 빨리 지나는 것 같습니다. 12월이 되면 수녀원에서도 대청소, 김장, 과자 굽기, 홀몸 어르신 방문, 성탄 편지 쓰기 등등으로 매일을 조금 더 바삐 보내는 편입니다. 힘들어서 날카로워진 마음을 순하게 길들이라며 우리 모두를 겸손한 배려와 사랑으로 초대하는 12월! 12월엔 그동안 감사를 다 표현하지 못했던 친지들에게 미루지 말고 편지를 쓰면 좋겠습니다.

엊그제는 아주 오랜만에 스위스에서 일하는 후배 수녀들로부터 항공 우편을 하나 받았는데 보름도 더 걸려서 늦게 도착한 편지가 반가움을 더해주었습니다. 늘 빠른 택배나 속달 편지에 익숙한 요즘, 저도 이젠 좀 천천히 가는 손 편지를 써야지 생각하며 빙그레 웃어봅니다.

몇 달 전 좋은 인편이 있어 그들이 궁금해할 만한 소식을 곁들여 정성스레 써 보낸 시인 수녀의 편지에 엄청 감동받았다는 수녀들! 스위스도 코로나19가 확산되는 추세라 그 영향으로 소임에도 지장이 많다면서 어려움을 호소했고, 그중에도 부엉이 가족이 즐거움을 주었다며 사진까지 곁들여 보냈습니다. 인적이 드문 수녀원 뒤편 정원에서 부엉이가 새끼를 낳아 모두 다섯 마리가 지내다 떠났는데 그들이 다시 보고 싶고 '수녀님도 참 보고 싶다'는 말을 잊지 않으니 편지가 이어준 자매적 우정에 콧날이 시큰해졌습니다.

얼마 전 거의 일 년 만에 서울을 다녀오자마자, 암이 전이되어 다시 항암 치료를 시작하는 수녀들에 대한 소식을 전해 듣고 마음이 아팠습니다. 불쑥 전화하기도 겁이 나 위로의 말을 우선 문자로 전하니 처음엔 당혹스러웠지만 차츰 마음이 안정되는 중이라고 기도 부탁한다는 답을 보낸 두 수녀에게 저는 '사랑의 손 편지를 써야지' 생각만 하는데도 벌써 마음이 따뜻해집니다.

12월엔 평소에 좋아서 되새김하던 시나 좋은 글귀를 옆의 사람들과 나누어도 소박한 기쁨을 만들고 느낄 수 있습니다. 오늘은 병실 소임을 하는 수녀들의 아침 기도 시간에 함께하며 어느 스님이 예전에 적어 준 "용서는 나의 수행/ 원수는 나의 스승/ 나눔은 나의 행복"이라는 노란 메모 쪽지의 글귀를 읽었습니다. 여기서 원수는 어떤 특정한 사람이 아니라 "하루의 일과에서 나를 속상하게 하거나 맘에 안 드는 어떤 상황일 수도 있으니 우리 함께 노력해 봐요"라고 말했더니 다들 웃으며 "원수는 나의 스승!"이라고 제 등 뒤로 외치는 소리를 들었습니다.

　12월엔 닫혔던 마음의 문을 열고 낯선 이들도 가족으로 대하는 넓은 마음을 주십사 하고 기도합니다. 지상에서 누구를 사랑할 날이 그리 많지 않음을 새롭게 기억하면서.

용서의 꽃

당신을 용서한다고 말하면서
사실은 용서하지 않은
나 자신을 용서하기
힘든 날이 있습니다

무어라고 변명조차 할 수 없는
나의 부끄러움을 대신해
오늘은 당신께
고운 꽃을 보내고 싶습니다

그토록 모진 말로
나를 아프게 한 당신을
미워하는 동안

내 마음의 잿빛 하늘엔

평화의 구름 한 점 뜨지 않아
몹시 괴로웠습니다

이젠 당신보다
나 자신을 위해서라도
당신을 용서하지 않을 수가 없습니다
나는 참 이기적이지요?

나를 바로 보게 도와준
당신에게 고맙다는 말을
아직은 용기 없어
이렇게 꽃다발로 대신하는
내 마음을 받아주십시오

100명도 넘는 큰 공동체에 살다 보니 자신의 마음과는 달리 소통하는 과정에서 더러 오해가 빚어지고 뒷담화의 대상이 되어 여럿이 주고받은 내용들이 돌고 돌아 저에게 돌아오는 경우가 있습니다. 사랑을 이유로 해주는 직설적인 충고도 때로는 어찌나 아픈 말의 바늘로 사람의 마음을 콕콕 찌르는지 감사하다는 인사를 하고 나서도 내내 뒤끝이 남아 있고 용서가 안 되는 걸 경험합니다. 더구나 평소에 친밀감을 지니고 더 잘 대해주던 동료나 후배가 무례하고 이기적인 행동으로 저를 대하거나 뒤에서 부정적인 말을 한 것을 알게 되면 즉시 제 마음의 평화가 깨지고 밥맛도 없어지며 잠을 설치기도 합니다.

단순한 용서에도 때로는 큰 용기가 필요합니다. 어떤 일로 제 쪽에서 억울하게 생각되어 용서가 잘 안 되는 대상을 만났을 때도 왜 그랬느냐고 힘주어 따지기보다는 그냥 한 번 심호흡을 하고 "그 일로 저를 돌아보는 계기가 되었어요"라고 말해봅니다. 혹시 누가 미안하다고 사과하면 "일단 원인 제공은 제가 한 것이니 저도 죄송하지요"라고 말해봅니다. 사랑의 또 다른 이름이 있다면 용서일 것이고, 용서 없는 사랑은 거짓일 것입니다.

살아오면서 우리는 거의 날마다 크고 작게 누군가에게 용서를 빌어야 할 일, 용서해야 할 일들과 마주치게 됩니다. 남에게 누구를 용서해야 한다고 섣불리 강요하는 일은 바람직하지 못하지만 그 대신 나 자신이 누구를 용서하는 일은 자유롭게 할 수 있다고 봅니다. "이 일만큼은 절대로 그냥 넘어갈 수가 없어"라고 말한 시간들, "어떻게 그런 일을 용서할 수 있다는 거지?"라고 다른 이의 통 큰 용서를 못마땅해하며 은근히 비아냥거리기까지 한 시간들을 반성하면서 한 해를 마무리하려 합니다.

"용서의 실천은 우리 자신과 이 세상을 치료하는 데 가장 중요한 기여를 한다. 상처의 진정한 치유는 용서에서 온다. …… 용서는 자기 자신에게 베푸는 가장 큰 자비이자 사랑이다." 용서 없이는 행복도 없으며, 용서야말로 가장 큰 수행임을 감동적으로 서술한 달라이 라마의 책《용서》를 다시 읽어보는 중입니다. 어느 독자가 특별히 좋아한다는 이 구절도 오늘은 더욱 새롭습니다.

헤어질 때면
"잘 있어, 응" 하던 그대의 말을
오늘은 둥근 해가 떠나며
내게 전하네

새들도 쉬러 가고
사람들은 일터에서
집으로 돌아가는 겸허한 시간
욕심을 버리고 지는 해를 바라보면
문득 아름다운 오늘의 삶
눈물 나도록 힘든 일이 없는 건 아니지만
견디고 싶은 마음이
고마움이 앞서네

누구라도 용서하지 않으면 안 된다고
그래야 내일의 밝은 해를 밝게 볼 수 있다고
지는 해는 넌지시 일러주며 작별 인사를 하네

– 이해인의 시 〈해 질 녘의 단상〉 중에서

매일 우리가 하는 말은

매일 우리가 하는 말은
역겨운 냄새가 아닌
향기로운 말로
향기로운 여운을 남기게 하소서
우리의 모든 말들이
이웃의 가슴에 꽂히는
기쁨의 꽃이 되고, 평화의 노래가 되어
세상이 조금씩 더 밝아지게 하소서
누구에게도 도움이 될 리 없는
험담과 헛된 소문을 실어 나르지 않는
깨끗한 마음으로
깨끗한 말을 하게 하소서

나보다 먼저
상대방의 입장을 헤아리는

사랑의 마음으로
사랑의 말을 하게 하시고
남의 나쁜 점보다는
좋은 점을 먼저 보는
긍정적인 마음으로
긍정적인 말을 하게 하소서
매일 정성껏 물을 주어
한 포기의 난초를 가꾸듯
침묵과 기도의 샘에서 길어 올린
지혜의 맑은 물로
우리의 말씨를 가다듬게 하소서
겸손의 그윽한 향기 그 안에 스며들게 하소서

어느새 올해의 마지막 날이 되었습니다. 불필요한 대화를 자제하고 마스크 착용과 거리 두기를 철저히 지키라는 코로나 19 안전 수칙과 주의 사항이 수시로 전달됩니다. 누가 건드리면 금방이라도 울어버릴 것만 같은 우울한 얼굴들이 많은 요즘입니다.

출장을 다녀온 제게 어느 후배 수녀가 하는 말에 "그래그래"라고 했더니 "수녀님은 평소에 늘 그래그래 하는 것 잘 모르시죠?" 하며 흉내를 냈습니다. 그러고 보니 어떤 이는 말끝마다 '알았어'를 덧붙이고 또 어떤 이는 '저기 뭐야', '뭔가 하면', '있잖아요'라고 하고, 어떤 이는 말을 시작할 때마다 '그게 무슨 뜻이냐 하면'을 되뇝니다. 사람들마다 저마다의 언어 습관이 있는 걸 본인보다 다른 이들이 먼저 발견할 적도 많습니다. 또 한 해를 보내며 말에 대한 격언과 시를 찾아 읽다 저는 12가지 참회의 마음으로 용서를 청하고 싶습니다.

1) 허물없이 가까운 사이라고 해서 예의를 차리지 않고 함부로 말했으며 때로는 농담이나 유머를 섞어 그의 약점을 강조함으로써 자존심에 상처를 입혔음을 용서하십시오.

2) 우울과 자조 섞인 한탄과 푸념의 말을 필요 이상 반복함으로써 듣는 이를 불편하게 했음을 용서하십시오.

3) 어떤 일로 화가 나고 짜증이 날 때 불평의 표현들을 거칠고 극단적인 언어로 내뱉음으로써 자신과 이웃의 평화를 깨뜨렸음을 용서하십시오.

4) 뒷담화의 영향력을 모르지 않으면서 쉽게 합류하며 이를 멈추려는 노력이 부족했음을 용서하십시오.

5) 상대방의 말을 끝까지 경청하는 인내와 정성이 부족해 번번이 가로막고 자신의 말만 함으로써 그를 서운하고 외롭게 했음을 용서하십시오.

6) 떠돌아다니는 어떤 소문을 들었을 때 검증도 안 된 상태에서 성급히 받아들이고 남에게 전달까지 했던 경솔함을 용서하십시오.

7) 좋은 인간관계를 유지하는 일에 별 도움이 되지 않는 주제로 대화를 이끌고 험담 섞인 비교급의 말을 자주 함으로써 듣는 이의 마음을 언짢게 했음을 용서하십시오.

8) 두 사람 사이에 현명한 중간 역할의 도움이 필요할 때 체면에 매이고 용기가 부족해 할 말을 채 못하고 비겁하게 숨었음을 용서하십시오.

9) 누가 제게 신중하게 충고하는 말을 겸손히 받아들이기보다 섣부른 합리화와 분노의 표현으로 상대방을 실망시켰음을 용서하십시오.

10) 위로가 필요해서 일부러 찾아온 이들에게 바쁜 것을 핑계로 따뜻하게 대하지 못하고 형식적이고 메마르게 겉도는 말로 그를 더 쓸쓸하게 만들었음을 용서하십시오.

11) 자신의 실수로 누가 제게 용서를 청했을 때 이를 순하게 받아들이지 못하고 필요 이상의 잔소리와 훈계로 상대방을 더 무안하게 만들었음을 용서하십시오.

12) 때로는 저 스스로 말을 잘못한 걸 알면서도 부끄러움이 앞서 즉시 용서를 청하기보다는 내내 미루기만 하거나 구차한 변명으로 일관했음을 용서하십시오.

갈수록 힘든 코로나19 시대의 위기를 우리 모두 사랑의 말로 극복할 수 있기를 기도하면서 그동안 말로 저지른 잘못들을 서로 용서 청하는 한 해의 마지막 날이 될 수 있길 바랍니다. 나쁜 말로 퍼져가는 바이러스를 '고운 말 습관'의 약으로 고쳐간다면, 이 또한 우리 가정과 사회를 정화시켜 가는 선한 영향력의 숨은 백신이 될 것입니다.

길 위에서

오늘 하루
나에게 일어나는 모든 일들이
없어서는 아니 될
하나의
길이 된다

내게 잠시
환한 불 밝혀주는
사랑의 말들도
다른 이를 통해
내 안에 들어와
고드름으로 얼어붙는 슬픔도

일을 하다 겪게 되는
사소한 갈등과 고민

설명할 수 없는 오해도

살아갈수록
뭉게뭉게 피어오르는
나 자신에 대한 무력감도

내가 되기 위해
꼭 필요한 것이라고
오늘도 몇 번이고
고개 끄덕이면서
빛을 그리워하는 나

어두울수록
눈물 날수록
나는 더
걸음을 빨리한다

어제 새로 부임한 우리 수녀원 지도 신부님이 오늘 아침 미사에서 은행잎의 아름다움에 대해서, 잎을 다 떨구어낸 빈 나무의 청빈에 대해서 강론을 하는데 유난히 낮은 그의 음성이 이 계절과 어울린다고 생각했습니다.

오늘은 금요 단식 날이라 아침 식사 후에 해야 할 공지를 원장 수녀님이 미리 하는데, 아주 긴 시간의 수술을 해야 하는 어느 수녀를 위해 간절한 기도를 부탁한다고 했습니다. 전화기를 여니 지난해에 세상을 떠난 제 오빠의 기일을 기억하는 오빠의 지인과 제자들이 보내온 메시지들이 보입니다. 한 해의 막바지에 들어선 이 계절은 이래저래 기도의 숙제가 많아 한편으론 마음이 무겁기도 합니다.

엊그제는 우리가 몸담고 사는 부산에 대한 이야기를 회의 중에 나누다가 눈물이 앞을 가리는 뜻밖의 경험을 했습니다. 정말로 간절한 기도가 필요할 땐 말보다 눈물이 먼저 나는 건지도 모르겠습니다. 아주 오랜만에 기차를 타고 서울에 다녀온 지난 주간. 며칠 안 되는 시간이지만 움직이는 길 위의 순례자가 되어 새로운 눈과 마음으로 인생 공부 하는 기쁨을 맛보았습니다.

마스크를 좀 더 똑바로 쓰라고 몇 번이나 주의를 주는 승무원의 충고도, '무거우면 제가 좀 도와드릴까요?'라고 묻는 어느 승객의 친절함도 그리고 역에서 내려 각자의 목적지로 향하는 낯설지만 가족처럼 정겨운 이웃의 모습도 모두가 다 아름답게 여겨졌습니다.

집 밖에서 놀다가 집을 못 찾을까 두려워 더 멀리 가진 못하고 서성이던 원남동의 골목길은 새삼 반가웠습니다. 창경초등학교 때 늘 걸어 다니던 비원과 창경궁 주변의 플라타너스 길에 긴 터널이 생긴 것을 발견하고 한참 놀라서 받아들이는 데 시간이 필요했습니다. 풍문여중 시절에 글짓기를 가르쳐주시던 선생님의 부음을 듣고 빈소에 다녀왔고, 몸과 마음이 많이 아파 우울한 자매들을 만나 더 이상 긴 말이 필요 없는 눈물 어린 대화를 나누기도 했습니다. 이혼과 사별의 아픔을 겪고 그 후유증으로 상심하는 이들의 하소연을 들으며 어쩔 줄 몰라 하는 제 모습을 보기도 했지요. 후암시장에서 산 소박한 신발을 신고 '콜링북스'라는 작은 서점을 개업한 어느 젊은 작가의 보람 있는 일터도 잠시 방문했습니다.

다들 각자의 자리에서 길이 되는 삶을 열심히 살고 있는 모습에 감동받고 광안리 바닷가의 수녀원 집으로 다시 돌아온 지금, 매일의 길 위에서 길을 떠나며 또 하나의 길이 되는 삶을 살아가는 이들을 위해 더 꾸준히 기도해야겠다 다짐하며 이렇게 읊어봅니다.

아무래도
혼자서는
숨이 찬 세월

가는 길
마음 길
둘 다 좁아서

발걸음이
생각보단
무척 더디네

갈수록
힘에 겨워

내가 무거워

어느 숲에 머물다가
내가 찾은 새
무늬 고운 새를 이고
먼 길을 가네

– 이해인 수녀의 시 〈길〉

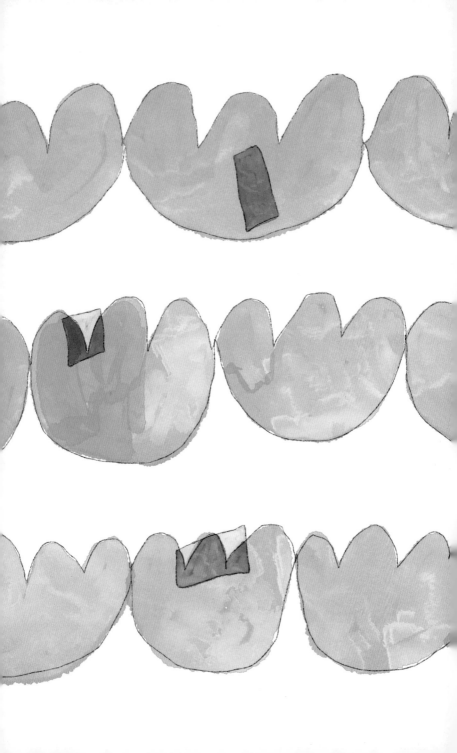

내가 나에게 1

오늘은 내가
나에게 칭찬도 하고
위로도 하며
같이 놀아주려 한다

순간마다 사랑하는 노력으로
수고 많이 했다고
웃어주고 싶다

계속 잘하라고
힘을 내라고
거울 앞에서
내가 나를 안아준다

내가 나에게 2

오늘은 오랜만에
내가 나에게
푸른 엽서를 쓴다

어서 일어나
섬들이 많은
바다로 가자고

파도 아래 숨 쉬는
고요한 깊이
고요한 차가움이
마침내는 따뜻하게 건네오는
하나의 노래를 듣기 위해
끝까지 기다리자고 한다

이젠
사랑할 준비가 되었냐고
만날 적마다 눈빛으로
내게 묻는 갈매기에게
오늘은 이렇게 말해야지

파도를 보면
자꾸 기침이 나온다고
수평선을 향해서
일어서는 희망이
나를 자꾸 재촉해서
숨이 차다고—

오랜만에 만난 친구 수녀에게 이 시를 읽어주니 요즘의 자기 마음과 같다고 그동안 자신을 좀 더 존중하지 못하고 사랑해 주지 않은 시간들이 떠오른다고 공감을 표시했습니다. 새해가 되어 좀 더 깊이 자신을 들여다보고 좋은 결심도 세우려니 우선 제가 저 자신과 잘 지내야겠다는 생각이 들었습니다.

기도하는 일에도 사랑하는 일에도 남보다 뒤처진 자신을 발견하고 의기소침해질 때, 주변에서 일어나는 안 좋은 일들에 어떤 도움도 되지 못하고 그저 바라보기만 하는 무력감에 우울해질 때, 어쩌다 한 번씩 방송이나 신문에서 인터뷰한 내용에 누군가 인신공격적인 악플을 달아 상심할 때, 수도자의 신분에 맞지 않게 밖으로 이름이 나서 듣게 되는 이런저런 부정적인 말들에 변명도 못 해서 외로움이 싹트려고 할 때, 본인이 수첩에 암호처럼 메모해 둔 내용을 도무지 풀지 못해서 쇠퇴한 기억력에 스스로 답답하고 실망이 될 때, 앉았다 일어서는 단순한 움직임조차 뜻대로 되지 않아 몸의 한계를 느낄 때

사는 일이 문득 힘겹고 자존감도 떨어져 앞이 캄캄하게 느껴질 적이 있습니다.

그러나 그 답답한 어둠 속으로 더 깊이 들어가지 말고 잠시 저 자신을 위로하고 달래주어야겠다는 생각이 들어 적어본 하나의 편지이자 고백서로 〈내가 나에게〉라는 시를 썼습니다. 글방에 찾아오는 손님들과 이야기를 나누다 보면 지나치게 자신을 과소평가하거나 자신의 어떤 실수나 결점에 대해 낙담한 나머지 살고 싶지 않다고 말하는 이들이 의외로 많습니다. 마음에 안 드는 다른 사람을 인내하는 일도 쉬운 게 아니지만 마음에 안 들어 때로는 낯설기까지 한 자신의 모습을 겸손히 받아들이고 인내하는 일이 어쩌면 더 어려운 일인지도 모릅니다.

출렁이는 파도와 수평선을 바라보며 저 밑바닥에 누워 숨을 쉬지 못했던 죽은 희망을 이제 다시 살아 있는 희망으로 일으켜 세웁니다. '이제는 기다릴 준비가 되어 있지?', '사랑할 준비가 되어 있지?' 스스로에게 물으며 다시 한 해의 길을 가려 합니다. 너무 바쁜 일에 밀려 외롭지 않도록 저 자신에게 시간을 좀 더 많이 주고 싶습니다. 잘한 일은 칭찬도 해주고 잘못한 일은 나무라기도 하면서 더 친한 동무가 되려 합니다. 여러분 자기 자신에게 따뜻한 위로의 손 편지도 한번 써보세요!

작은 소망

내가 죽기 전
한 톨의 소금 같은 시를 써서
누군가의 마음을
하얗게 만들 수 있을까
한 톨의 시가 세상을
다 구원하진 못해도
사나운 눈길을 순하게 만드는
작은 기도는 될 수 있겠지
힘들 때 잠시 웃음을 찾는
작은 위로는 될 수 있겠지
이렇게 생각하는 것만으로도
나는 행복하여
맛있는 소금 한 톨 찾는 중이네

봄비가 살짝 얼굴을 간지럽히는 주일. 모처럼 여유가 있어 글방 앞의 매화 세 송이를 따다 찻잔에 넣으니 향기가 진동해 놀라는 마음으로 봄 한 모금을 마셔봅니다. 간밤 꿈에는 누군 가에게 발라줄 허브 크림을 찾다가 잠이 깼는데, 어제 갑자기 허리가 아프다고 하는 제게 친구 수녀의 "파스라도 붙여봐" 하 는 말을 듣고 파스를 붙여서 그런 꿈을 꾸었나 봅니다. 큰 기 대 없이 파스 한 장 붙였을 뿐인데도 통증이 잦아드는 걸 경험 하면서, 아프다고 하는 이들의 말을 무심히 듣지 말고 무엇이 라도 챙겨주는 배려심을 가져야지, 생각한 그 마음이 아마 꿈 으로 나타난 모양입니다.

요즘은 일체의 외부 활동을 하지 않으니 수십 년 동안 모 아둔 편지들을 정리하는 작업을 하고 있습니다. 가족과 친지, 청소년, 군인, 성직자, 수도자, 재소자, 장애인, 국내외를 포함 한 미지의 독자별로 정리를 하다 보면 개인의 사연과 더불어 참으로 다양한 내용들이 나옵니다. 인터넷 문화가 덜 발달되어 있던 1980년대의 편지들은 유난히 긴 내용이 많습니다. 지금은 우표도 없어지고 스티커로 대체하는 시대가 되었지만 아름다운 우표들이 많이 붙은 편지들을 보는 일은 늘 설레는 기쁨을 줍니다.

제게 힘이 되어준 수녀님의 글들이 헛되지 않도록 이웃들과 함께 사는 세상임을 알고 옆 사람의 발밑도 살필 줄 아는 사람이 될 것을 약속드립니다. …… 부디 수녀님께서 소외당하는 이의 아픔을 아시고 어두운 곳에서 찬란한 빛이 되는 삶을 사시도록 신께 기도드립니다. 모자란 자식을 한 번 더 보듬어주는 어머니가 되옵소서. 어지러운 글로나마 더듬거리며 감사의 인사 올립니다.

연천의 어느 부대에서 이런 편지를 보낸 종찬이란 군인도 지금쯤은 중년의 가장이 되어 어디선가 살고 있겠지요. 모자란 자식을 한 번 더 보듬어주는 어머니가 되라는 그 젊은이의 당부를 앞으로도 열심히 실천해야겠다고 다짐해 봅니다.

벌써 20년이 지났습니다. …… 저는 어릴 때 수녀님께 편지를 썼는데 답장이 와서 고등학생 때까지 편지를 나누었습니다. …… 검정 동전 지갑에서 꼬깃꼬깃 천 원짜리를 꺼내서서 제게 햄버거를 사 주셨는데 제가 많이 감동했습니다. 아직도 그때 수녀님의 마음과 행동은 평생 제가 살아가는 삶에 길잡이가 되었습니다.

20년 만에 소식을 전해온 은미라는 아가씨는 지금 두 아이의 엄마가 되어 안산에 살고 있다고 했습니다. 언젠가는 다시 만나자고 약속을 한 이 편지의 주인공 속의 제 모습을 떠올리며 빙그레 웃어봅니다. 구체적인 사랑의 행동은 사소한 것일지라도 한 사람의 삶에 깊은 영향으로 남을 수 있다는 걸 다시 기억하면서!

인생은 살기 어렵다는데
시가 이렇게 쉽게 씌어지는 것은
부끄러운 일이다.

윤동주 시인의 〈쉽게 씌어진 시〉의 한 구절을 자주 떠올리면서 이토록 힘든 시대에 수도자로서의 할 일에 고민하며 종종 자괴감에 빠지기도 하는 요즘. 다시 읽어보는 독자들의 옛편지가 따뜻한 위로와 용기를 줍니다. 몸과 마음이 많이 아픈 사람들을 일일이 방문하지 못하고 힘겹게 사는 이웃을 위한 현장 봉사를 따로 하진 못할지라도 지금 있는 자리에서 글로써 위로하는 사람이 되어도 괜찮은 거라고! "사랑하는 이가 앓고 있어도/ 그 대신 아파줄 수 없고/ 그저 눈물로 바라보기만 하는 막막함/ 이러한 것들을 통해서/ 우리는 매일 삶을 배웁니다/ 그리고 조금씩 기도하기 시작합니다"라고 시에서도 표현을 했지 않느냐고! 그러니 다시 사랑하고 기도하는 것만이 중요하다는 것을 믿고 맛있는 언어의 소금 한 톨 꾸준히 찾으라고 저를 다독이는 이들의 보이지 않는 음성을 듣습니다.

20년 전 1월 어느 날의 일기에 메모해 둔 한 구절을 새로운 사명 선언문으로 읽어보며 매화차 한잔을 마시는 이 아침. 우울했던 마음에 살며시 희망의 꽃 한 송이 피어납니다.

결국은 언제 어디서나 사람을 사랑하는 일이 그렇게 중요하고 그렇게 힘든 것이다. 세상에 사는 동안은 사람을 사랑해야 하리라, 예수 그리스도께서 항상 우선적으로 눈길을 주었던 힘없고 아프고 약한 사람들의 벗이 되어야 하리라.

꽃잎 셋

그리움의 향기

8월의 기도

한민족의 평화를 기원하며

곰팡이 냄새 가득한
우울한 이야기들로
잠이 오지 않던 장마철
단물도 향기도
다 빠져버린 과일처럼
맛이 없던 일상의 시간들을
햇볕에 널어야겠습니다

8월엔 우리 모두
해 아래 가슴이 타는
한 그루 해바라기로 서서
주님을 부르게 하소서

그리움조차 감추어두고
오랜 나날 헤어져 산

남과 북의 한겨레가
같은 땅을 딛고
같은 하늘 우러르며
하나 된 나라에서
살게 하소서

절망했던 만큼의 희망을
큰 나무로 키우며
사랑의 삽질을
계속하게 하소서
하나 되기 위한 진통을
두려워하지 않게 하소서

용서의 어진 눈빛과
화해의 맑은 마음으로
함께 바라보는 산천이
더욱 아름다운 곳
어머니 나라의 평화
하나 된 겨레의 기쁨
꼭 이루어내게 하소서

8월엔 우리 모두

기다림에 가슴이 타는

한 그루 해바라기로 서서

주님을 부르오니

(2000. 8.)

슬픈 기도

천호동 화재 희생자를 위한 추모의 글

한 해가 저물어가는 이때
기쁘고 평화로워야 할 우리의 기도는
왜 이리 아프고 슬프고
어둡고 답답한가요, 주님

12월의 어느 추운 겨울날
느닷없이 뜨거운 불길 속에 희생당한
우리의 가엾은 자매들을
당신은 어찌하실 건가요?

살아서도 외롭고
억울한 사정이 있어도 하소연할 곳이 없이
힘겹게 살아왔던 눈물 젖은 삶의 시간들
죽어서도 다시 한번 죽어서 장례식조차 늦어진
슬픈 사람들을 슬프게 굽어보실 자비의 주님

이렇게 길 위에서 마지막 고별식을 치르는
우리의 가난한 기도에
길이신 당신께서 대답하여 주십시오

힘든 여정을 살아내느라 참 많이 수고했구나
나는 너희의 죄를 묻지 않겠다고
당신의 넓은 품에 안아주실 거지요?
함께 울어주실 거지요?

바로 곁에 있으면서도
진정한 벗이나 가족이 되질 못하고
사랑으로 돌보지 못한 우리의 무관심과
오만한 편견과 독선의 잘못을 꾸짖어주십시오

참으로 죄송합니다, 주님
잘 알지도 못하면서 함부로 말해 상처 주고
돌팔매질을 하던 우리의 죄는
어떻게 보속해야 할지 알지 못합니다
어떻게 기도해야 할지 잘 모릅니다
말로만 사랑을 외치고 선한 이웃이 되지 못해

용서를 빌 자격조차 없는
오늘의 우리를 불쌍히 여겨주소서
창문이 있어도 창밖으로 나올 수 없던 이들에게
우리는 창문이 되지 못했습니다

떠난 이들과 작별을 해야 하는 이 시간
우리의 언어는 힘이 없고
위로의 말도 빛을 잃어 슬픈 오늘
그래도 다시 기도해야겠지요
당신께서 우리의 집이 되시니
방황을 끝내고 돌아와야겠지요
당신께서 우리의 희망이시니
떠난 이들의 죽음이 헛되지 않게
무언가 다시 선한 일을 시작해야겠습니다

진정 당신이 계시기에 안심하고
우리는 고인들을 떠나보내겠습니다
먼 길 가는데 외롭지 않게 함께하여 주소서
미움도 학대도 구속도 차별도 없는
당신의 그 나라에서는 저들이

부디 행복해질 수 있길 바랍니다

이제는 자유롭게 날아오르게 하소서
날마다 간절히 꿈꾸고 애타게 그리던
자유의 새가 되어
훨훨 날아다니면 좋겠습니다
살아서 못 입은 가장 고운
행복의 비단옷을 차려입고
천상 잔치에 참여하는 기쁨으로
지상의 우리들을 향해
환히 웃어주면 좋겠습니다

오, 생명과 치유의 주님
한 번도 만난 일 없지만
기도 안에 가까운 가족이 된
이 땅의 천호동 희생자들이
모든 괴롬과 시름을 떨쳐버리고
지복의 나라에서 편히 쉬게 하소서
영원한 안식에 들게 하소서. 아-멘

(2018. 12. 30.)

그리움도 들풀처럼 자라서
장영희 교수의 10주기에

안녕? 하고 말을 건네오는
그대의 명랑한 목소리와
밝은 웃음이 장미 꽃잎 위에 포개진 5월
다시 한번 그 음성을 듣고
그 웃음을 보고 싶네요
장영희 마리아 님이 우리 곁을 떠난 지
벌써 10년이라니……

잊을 수 없는 추억으로
가족과 친지들의 가슴속에 살아 있는
능력 있는 영문학자, 지혜로운 교수
감칠맛 나는 향기의 에세이스트
그리고 자연과 사람을 따뜻하게
대할 줄 알던 휴머니스트로서의
인간 장영희를 우리는 사랑했습니다

살아 있을 때에도 우리 곁을 떠난 후에도
변함없이 사랑하는 가족과 친지들의 마음을
봄바람처럼 가만히 와서 읽어주세요
그대 또한 우리를 잊지 않았다고
보고 싶고 사랑한다고 말해주세요

그대의 무덤 위에 들풀이 자라듯
그리움도 함께 자라온 10년입니다
동생들 통해 내가 유품으로 받은
하트 모양의 시계를 보며 삶의 무게를 배우고
힘든 일에 대처하는 법을 배웁니다
나의 글방을 방문했을 때
그대가 선물로 준 자그만 기도 항아리에
나는 오늘도 삶의 기쁨을 담고
때로는 기도를 부탁하며 들고 오는
이웃의 아픔과 눈물도 담아둡니다

살아 있는 모든 날이 축복이고 생일이라고
살아온 기적은 살아갈 기적이 된다고
영희 님이 하는 말은 항상

다른 이의 말보다 힘이 있습니다

힘찬 파도처럼 생기 있는 모습으로

다시 일어서게 하는 힘이 있습니다

누구에게나 어디서나

선뜻 추천해도 후회 안 하는 책

독자들이 입을 모아 삶의 자세를 닮고 싶다고

감동하고 감탄하는 좋은 책

그래서 그대는 아름다운 문장상을 받기도 하였지요

오늘도 고운 말로 우리를 깨우치는

장영희 작품들을 곁에 두는 행복!

《문학의 숲을 거닐다》에서

우리는 얼마나 많은 작가들을 만나

다양하게 지식을 넓혔는지요!

《내 생애 단 한 번》을 새겨 읽으며

삶을 대하는 태도가 얼마나 달라졌는지요!

살기 힘들다고 푸념과 탄식으로

불평하던 시간을 감사와 희망으로

바꾸게 해준 그 글과 삶에 고마울 뿐입니다

마리아 덕분에 한 줄기 빛을 발견하고
위로받으며 희망의 옷을 입은 사람들이
마주 보며 인사하는 오늘입니다
우리에게 잘 견디는 법을 가르쳐주고
씩씩하게 살아갈 힘을 주어 고맙다고
낯선 이들도 벗이 되는 기쁨 속에
사랑의 인사를 나누는 오늘
다시 한번 그대를 천사 언니 천사 누나
천사 이모 천사 스승이라고 부르고 싶네요

2008년 여름 나의 병실(성모병원)에
화가 김점선과 같이 문병 오겠다는 걸
못 오게 한 일이 지금도 후회됩니다
자칭 '명랑 삼총사'의 즐거운 저녁 약속이
서로의 아픈 일정으로 어긋나
끝내 지켜지지 못한 것이 안타까워
그 약속을 지킬 수 있게 내 꿈속에라도
꼭 한번 놀러오라 말하고 싶네요

지상에서 사랑할 시간이 그리 많지 않으니

서로 먼저 늦지 않게 사랑하라고 이 순간도
우리를 초대해 주는 장영희 마리아에게
살다가 힘든 일 생기면 다시 다짐할게요
'살아온 기적이 살아갈 기적이 된다'고!
'그러나 내겐 당신이 있습니다'라고
항상 아름답게 고백할 수 있는
사랑과 우정의 기도를 날리며
부족한 독백으로 추모 글을 적는데
'괜찮아요'라고 말하는 밝은 음성이
어디선가 들려오네요. 끝없이 이어지는
우리의 기도 속에 편히 쉬어요
사랑합니다

(2019. 5. 9.)

헤르만 헤세를 기억하면서
흰 구름 시인에게 흰 구름 수녀가 쓰는 편지

오, 보아라

잊혀진 아름다운 노래의

조용한 멜로디처럼

푸른 하늘 가를 계속 떠도는 흰 구름처럼

긴 여행 속에

방랑의 슬픔과 기쁨을

알지 못하는 사람은

흰 구름을 이해할 수 없으리

나는 태양이나 바다나 바람을 사랑하듯

정처 없이 떠도는 흰 구름을 사랑한다

고향이 없는 자에게 그것은

누이이며 천사이기에

– 헤르만 헤세의 시 〈흰 구름〉

역자마다 번역이 다르지만 지난 2005년에 이 시를 노래로 만든 음악인(김정식)에게 받은 이 노랫말이 저는 마음에 듭니다.

열두 살 때부터 시인을 꿈꾸고 이루어 가장 사랑받는 세기의 시인이 되신 당신, 구름의 다양한 변화에 매번 놀라워하며 시간마다 계절마다 구름을 관찰하기를 즐긴 구름의 시인인 당신, "작가는 독자에게 빛을 통과시켜 주는 창문일 뿐"이라고 말한 평론가이기도 한 당신. 당신은 또한 화가이기도 했지요. 시들어가는 백일홍의 색채가 아름답고 신기해서 환성을 지르는 화가이기도 한 당신의 수많은 그림들 중 저는 1921년에 그린 〈책들을 올려놓은 걸상〉 그리고 1930년경의 작품으로 알려진 〈나선형 계단〉을 좋아합니다. 그 비슷한 계단이 우리 집에도 있거든요.

언젠가 창원에서 전시된 〈헤르만 헤세〉전에는 일부러 다녀오며 《화가 헤세》라는 책을 사오기도 했습니다. 이 책에 있는 내용들 중 "펜과 붓으로 무엇인가를 만들어내는 것은 내게 포도주와 같습니다. 그런 일에 취하면 삶이 아주 멋지고 푸근해져서 삶을 견딜 수 있게 됩니다", "내 머리 위의 구름 하나하나는 내가 깨어 있는 시간 동안 이 세상의 모든 미술관만큼 사랑스럽고 중요하며 교훈적이다"라는 말은 제가 밑줄 쳐둔 구절이기도 합니다.

아무튼 오늘은 제가 당신에게 처음으로 한 장의 러브레터를 쓸 수 있어 행복합니다.

저는 진심으로 수상님께서 이 전쟁의 한가운데에서 잠시라도 훌륭한 음악을 간절히 듣고 싶어 하고, 성경에서 흘러나오는 목소리에 귀 기울이고 싶어 하기를 바랍니다. 또한 한 번이라도 마음을 가라앉히고 예수의 비유나 괴테의 시나 노자의 경구를 읽어보시기를 진심으로 소망합니다.

— 《헤세로부터의 편지》 중에서

시대적으로 매우 무겁고 불안한 슬픔 속에 살면서도 어쩌면 그리도 아름다운 글들을 탄생시킬 수 있었는지요. 전쟁의 고통을 괴로워하며 독일의 수상에게 쓴 편지의 한 구절에 한참 동안 마음과 눈길이 머물렀습니다. 시인의 예언자적인 소명에 대해서도 당신은 끊임없이 고뇌하고 불의와 타협하지 않았지요. 신앙과 영혼의 통찰, 깊이와 빛을 발하는 명상과 철학으로 동서양의 많은 독자들을 매료시켰습니다.
　당신의 대표 시이기도 한 〈흰 구름〉이라는 시를 반복해서 읽을 적마다 저는 고향이 없는 자에게 구름이 '누이이며 천사'

라는 말이 너무도 좋았습니다. 언젠가는 흰 구름을 닮은 누이 며 천사가 되고 싶어 수도명을 정할 때에도 구름cloud과 비슷 하다는 이유로 클라우디아Claudia라는 이름을 받게 되니 많은 이들이 제게 구름 수녀라는 별칭을 불러주어 자랑스럽고 흐뭇 했답니다.

한 수도자로 살아가는 보람과 기쁨을 아래와 같이 노래해 보기도 했습니다.

나의 삶은
당신을 향해 흐르는
한 장의 길고 긴
연서였습니다

새털구름
조개구름
양떼구름
꽃구름

뭉게뭉게 피어오르는
여러 형태의 무늬가 가득하여

삶이 지루한 줄 몰랐습니다

오늘도 나는
열심히 당신을 찾고 있군요
내 안에는 당신만 가득하군요

보이는 그림은 바뀌어도
숨은 배경인 내 마음은
바뀌지 않았다고

나는 구름으로 흐르며
당신에게 편지를 씁니다

- 이해인의 시 〈구름의 노래〉 중에서

좋은 인간관계를 유지하고 싶은 구름 수녀의 고운 갈망과
노력을 이렇게 일기식으로 구체적으로 적어본 적도 있습니다.

매일 새롭게 시작하고 새롭게 만나는 사람들에게 나 역
시 흰 구름이 되어 다가가고 싶답니다. 성격이 불같고 모

난 사람에겐 뭉게구름의 포근함을, 굼뜨고 둔한 사람에겐 새털구름의 예리함을, 스스로 외톨이가 되려는 사람에겐 양떼구름의 공동체성을 강조하며 요술을 피우는 즐거움으로 최선을 다하다 보면 관계가 금방 아름답게 변화되는 것을 체험하곤 합니다.

저의 독자들에게 보내는 편지에도 종종 구름 이야길 적어 보내곤 했습니다.

구름은 어디에도 매이지 않는 자유의 상징, 머물면서도 흘러가는 그리움의 상징입니다.

누군가 까닭 없이 미워지고 용서가 어려울 때, 영원히 살 것처럼 끝도 없는 욕심이 뭉게뭉게 피어오를 때 우리는 하늘의 흰 구름을 바라보며 우리를 가볍게 합시다. 다시 길을 떠나 모든 이에게 하늘의 사랑을 전하는 흰 구름의 길, 흰 구름의 천사가 되기로 해요.

낭만적인 시인이면서도 쉽게 감상주의에 빠지지 않고 자신만의 확고한 인생철학과 객관적인 진실, 종교적인 신념으로 일관했던 당신의 그 모습을 존경하고 사랑합니다.

흰 구름의 시를 좋아하며 세상의 누이며 천사가 되고 싶은 흰 구름의 길, 수도자의 길을 반세기 동안 걸어온 이 작은 시인이 처음으로 당신께 감사의 편지를 쓸 수 있어 행복한 오늘입니다.

'밤에도 구름은 흘러간다' 당신의 아름다운 표현을 기억하면서 저도 한 점 구름이 되어봅니다.

(2019. 6.)

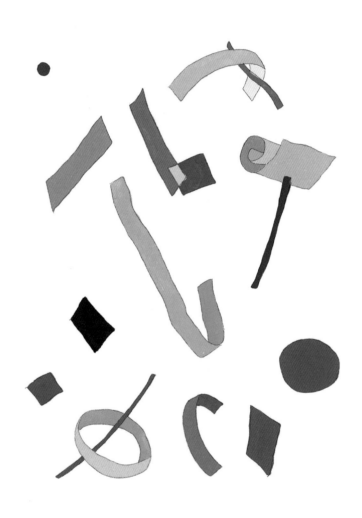

기도 편지

구상 세례자 요한 선생님께

세상엔 시가 필요하다고

유언처럼 말씀하신 시인 선생님

오늘 우리는 모두

각자의 자리에서 바삐 지내다가

이렇게 아름다운 수도원 성당에

11월의 나뭇잎을 닮은

하나의 시가 되고 노래가 되어

기도하는 마음으로 모였습니다

하늘과 바람과 별의 시인 윤동주와도

같은 해에 태어나신

강과 밭과 예수님의 시인 구상 선생님

탄생 100주년은 세상에서

아무나 축하받는 것이 아니겠지요

후대에도 기억될 만큼

그 삶이 훌륭했다는 증거겠지요

잠든 혼에 불을 놓는 예언자적 시인으로

삶을 관조하고 연구하는 철학자로

깊이 명상하는 기도자로

불의와 타협하지 않는 언론인으로

문학을 가르치는 넓은 마음의 스승으로

오랜 세월 우리에게 기쁨을 주셨습니다

남에겐 관대하고 스스로에겐 엄격하게 대하는 것이

덕과 지혜임을 일러주셨습니다

우정을 잘 가꾸는 당신만의 비법도

지인들에게 살짝 알려주셨습니다

'난 말이지 인간관계에서 서로가 서로에게

장점보다는 단점부터 트는 법을 익혀야

그 우정이 오래간다고 생각하거든'

이 말씀의 깊은 뜻을 헤아려보지만

살다 보면 잘 실행되지 않을 적도 많기에

당신께 도움을 청하곤 합니다

많은 이가 힘들고 아픈 나날들!

전쟁은 줄었으나 분쟁은 늘어간다는

이 시대, 사랑을 강조하면서도

실상 사랑의 길에서 멀리 있는 우리

안팎으로 평화가 없어 슬픈

오늘의 우리나라 국민들에게

당신은

어떤 메시지를 보내고 싶으신가요

각자의 본분에 충실하라 하시겠지요

헛된 야망의 노예가 되지 말고

좋은 욕심조차 때로는 내려놓고

남을 먼저 위하고 배려하는 법부터

다시 배우라 하시겠지요

강에 대해 많은 시를 쓰신

강을 닮은 선생님이 그립습니다

밭에 대해 많은 시를 쓰신

밭을 닮은 선생님이 그립습니다

오늘서부터 영원을 살자고

이 세상에서도

이 세상을 떠나서도

조용한 목소리로

그러나 단호한 눈빛으로

우리를 초대하시는 선생님은
광야에서 목쉰 소리로 진리를 외치는
세례자 요한을 많이 닮으신
또 한 분의 세례자 요한이십니다

이 자리에 함께한 많은 친지들과 함께
드리고 싶은 말씀이 더 많지만
기도의 침묵 속에 묻으렵니다
선생님께서 태어나고 묻히신
이 땅에서 우리 모두 각자의 자리에서
생명을 키우는 밭이 되고 희망으로 흐르는
강이 되어 더 성실하게 살아가는
생활 속의 시인이 되겠습니다
그래서 더 행복해지겠습니다
'아니, 내 허락도 없이 말이야
왜들 이런저런 행사를 벌이고 그러나?'
아름다운 음악 속에 환히 웃으시며
지금 여기에도 함께 앉아 계신 거지요?
앞으로도 계속 우리의 기도 속에 부활해서
우리를 비추는 별이 되어주시길 청합니다

존경하고 사랑하는 우리의 시인 선생님

죽어서도 죽지 않는

크고 푸른 별이 되신 우리 선생님

성 베네딕도회 왜관 수도원 성당에서

(2019. 11. 2.)

사랑의 인사
캐나다 한마음 성당 여러분께

사막에서도

나를

살게 하셨습니다

쓰디쓴 목마름도

필요한 양식으로

주셨습니다

내 푸른 살을

고통의 가시들로

축복하신 당신

피 묻은

인고의 세월

견딜 힘도 주셨습니다

그리하여

살아 있는

그 어느 날

가장 긴 가시 끝에

가장 화려한 꽃 한 송이

피워 물게 하셨습니다

- 이해인 수녀의 시 〈선인장〉

찬미 예수님!

안녕하세요? 캐나다로 파견된 후 소식 없다가 불쑥 글을
부탁하는 다리아 아우 수녀 덕분에 거절 못 하고 제가 이렇게
여러분 곁에서 마음을 나누고 있습니다.

코로나19 시기를 겪으면서 많은 분들이 반려동물뿐 아니
라 반려식물을 즐겨 키운다는데, 저는 우연한 기회에 여러 종
류의 선인장을 키우면서 더디게 피지만 아름다운 선인장꽃도
수녀들에게 자랑하며 지내고 있습니다. 저를 아직도 잊지 않고
계신 사랑에 감동하며 감사드려요. 들리는 소문에 의하면 목사
님들이 설교 중에 자주 인용을 하시고 해외에 이민 가서 사는

형제자매들이 좋아한다는 이 시 〈선인장〉으로 여러분께 사랑의 인사를 드립니다.

멀리서도 가까운 마음으로 예수님의 사랑 안에서 잠시 옛일을 추억하며 편지를 쓰니 기뻐요. 1993년 가을 제가 '한맘' 갔을 때 만났던 분들 중엔 더러 돌아가신 분들도 계셔서 슬펐습니다. 그 본당을 다녀온 많은 수녀님들도 여기저기서 사도직을 하고 있는데 최 페트라 수녀님은 더 이상 일선에서 일하지 못하시고 본원 병실에서 요양 중이십니다. 제네시 수도원을 견학하게 해준 은공도 잊지 않고 있습니다. 애석하게도 산길에서 중요한 여권을 분실하는 바람에 최 신부님이 그토록 원하시던 로키산맥 찬양 시도 못 쓰게 되어 지금껏 원망을 듣고 있는 부족한 이 시인 수녀를 용서해 주시길 바랍니다.

제 부족한 특강에 걸음을 해주시고 종종 선물과 러브레터로 마음을 표현해 주신 형제자매님들께도 오래된 가족애를 담아 감사의 인사를 드립니다. "우리 부부는 일을 해야 해서 수녀님 강의도 같이는 못 듣고 하루씩 교대로 들어야 해요"라고 말씀하신 것도 기억하고 있고, 잠시 동안이지만 만날 적마다 따뜻한 눈길과 사랑의 덕담으로 저를 환영해 주시던 그 모습을 아직도 생생히 기억하고 있답니다. 어쩌다 가게에 들르면 제게 무어라도 주고 싶어 하셨지요.

카세트테이프에 녹음되어 있는 1993년 가을, 그 시절의 특강은 지금 들으면 몹시 서툴고 부끄러움 가득한 것일 테지만 그래도 언제 한번 들어보려고 합니다.

여러분도 아시다시피 지난 2008년 여름부터 암으로 투병 중이고 지금도 대상포진, 통풍, 치통 등등 여러 종류의 통증들과 싸우는 중이지만 잘 버티고 있고 여러분의 기도에도 깊이 감사를 드리옵니다. 지난해에는 처음으로 평화방송의 25분짜리 〈해인글방〉이라는 프로그램에 뮤지션 홍찬미 양과 26번의 출연을 하였는데, 유튜브에 공개되어 있으니 혹시 보신 분들도 계실지 모르겠네요. 1976년《민들레의 영토》라는 첫 시집을 펴낸 이후 이곳 민들레의 영토 수녀원에서 이젠 수도서원 50주년까지 지낸 수도자로서 50여 년, 시인으로서 40여 년을 은총 속에 살았으니 그저 감사할 일밖엔 없답니다. 수도 공동체의 가족들뿐 아니라 외부 독자들의 사랑도 과분하게 많이 받아서 더러 힘든 일이 있더라도 이제는 다 넓은 마음으로 봉헌할 수 있는 마음의 여유도 좀 생긴 것 같습니다.

코로나19 때문이기도 하지만 이젠 나이로도 물러설 때가 되어 강연이나 행사 참여도 대폭 줄이고 수녀원 안에만 있으니 좋은 점도 많습니다. 사실 조금 밖으로 이름이 난 데서 비롯된 갈등과 고민이 없지 않았거든요. 마음은 소녀 같은데 어느덧

70대 중반에 이른 지금의 은은한 평화와 담백한 평상심이 참 좋습니다. 세월이 주는 선물이겠지요?

일생을 봉쇄 수도자로 살다 3년 전에 세상을 떠나신 가르멜 수녀원의 제 언니(데레사 말가리다 수녀님) 생각도 부쩍 많이 나는 요즘입니다.

아주 오래전 제가 암 투병을 하는 병상에서 나름대로 정한 4가지의 생활 실천을 아직도 글이나 설교에 인용하는 분들이 많아 그 내용도 간략히 공유하고 싶습니다.

1) 무엇을 달라는 청원 기도보다는 이미 받은 것에 대한 감사를 더 많이 하겠다는 것
2) 늘 당연하다고 여기던 일들을 기적처럼 놀라워하며 감탄하는 연습을 자주 하겠다는 것
3) 자신의 실수나 약점을 부끄러워하지 말고 솔직하게 인정하는 여유를 지니도록 애쓰겠다는 것
4) 속상하고 화나는 일이 있을 때 흥분하기보다는 '모든 것은 다 지나간다'는 것을 기억하면서 어질고 순한 마음을 지니려고 애쓰겠다는 것

* 이 내용은 2011년에 샘터에서 펴낸《꽃이 지고 나면 잎이

보이듯이》라는 저의 산문집 중 〈12월의 편지〉에 들어 있습니다.

여러분도 안팎으로 힘든 시간들이 있을 테지만 신앙 안에서 이런 지향으로 살아가시면 좋겠습니다. 오늘 이 시간은 앞으로 살아갈 날의 첫날임을 기억하면서, 우리가 헛되이 보낸 오늘 이 시간은 어제 죽어간 사람이 '그토록 살고 싶어 하던 내일'임을 기억하면서 '내가 아니면 누가? 지금 아니면 언제?' 하는 솔선수범의 마음으로 우리 함께 최선을 다하기로 해요. 제가 쓴 시 중에 〈가까운 행복〉이란 시를 여러분께 읽어드리면서 오랜만에 쓰는 이 러브레터를 마무리합니다.

산 너머 산
바다 건너 바다
마음 뒤의 마음
그리고 가장 완전한
꿈속의 어떤 사람

상상 속에 있는 것은
언제나 멀어서

아름답지

그러나 내가
오늘도 가까이
안아야 할 행복은

바로 앞의 산
바로 앞의 바다
바로 앞의 내 마음
바로 앞의 그 사람

놓치지 말자
보내지 말자

　거리가 멀어 못 만나지만 기도 안에서 서로를 기억하는 기
쁨 속에 우정을 나누기로 해요. 그날이 그날 같은 평범한 일상
의 길 위에서 날마다 새롭게 성실과 인내의 노력을 다하시는
여러분의 수고에 주님의 크신 은총과 사랑이 함께하시길 빕니
다. 지금은 백합의 향기로 가득한 광안리 성 베네딕도 수녀원
에서 여러분을 사랑하고 기도하는 이해인 클라우디아 수녀가

쓴 이 부족한 글을 부디 기쁨과 사랑으로 읽어주시면 감사하겠습니다.

마음엔 평화, 얼굴엔 미소…… 안녕히!

흰 구름 좋아하는 해인 수녀 올림

(2020. 8. 18.)

해미에게
죽은 진돗개에게

해미야 해미야
늘상 불러오던
그 이름이
오늘따라
이리 슬픈 건
네가 더 잘 알지?
네가 낳은 딸인
해솔이의 이름을
부를 적마다
우린
너도 같이 기억할 거야
어린 아기 시절
우리 수녀원에 와서
사랑도 많이 받았지만
힘든 적도 많았지?

때로는

아파서 외로워서 힘들어서

외치는 너의 울음을 원망하고

얼굴과 온몸에 난 상처의

네 아픔보다는

방문객이나 누가 볼까

더 부끄러워했던

우리의 이기심을 용서해 주렴

말은 못해도 다 느꼈을

너의 고독함과 소외감을

다 헤아려주지 못한 것

정말 미안해

먹이를 주어도

눈이 잘 안 보여 매번

해솔에게 뺏기면서도

그러려니 했지

주변에 낯선 이가 나타나면

그것이 소임인 양

열심히 짖어주던

네 목소리가 그립네

모든 것을 달관한 성자처럼

하염없이 푸른 잔디밭

나무 곁에 앉아 있던

네 모습이 보고 싶네

이제 다신 만날 수 없는

먼 곳으로 네가 떠나고서야

다시 알았단다

너는 우리의 사랑받는

가족이었음을

비록 병이 들었어도

끝까지 겸손하고 충실한

우리의 파수꾼이었음을

여기 남아 있는 너의 해솔이를

우리가 더 잘 돌보고

사랑해 줄게

우리 수녀님들이 깊이 잠들고 계신

솔향기 나는 묘소 근방에

네가 묻혀 있으니

가끔 산에 가서 네 이름을 부를게

털이 하얗고 복스럽던 해미야

새끼를 낳아 잘 돌봐주던 해미야

쓸데없이 보채지 않고 늘 의연하게

고통의 몫까지 운명으로

잘 받아들이고 떠난 해미야

안녕. 잘 가. 잘 쉬어

우리와 함께한 시간들도

곧 별이 될 거라 믿어

사랑한다 해미야

무지개다리를 건너간 해미에게

살구나무 옆 해인글방에서 해인 수녀가

(2020. 10. 14.)

이별의 눈물

박완서 선생님 10주기에

모르는 척

모르는 척

겉으론 무심해 보일 테지요

비에 젖은 꽃잎처럼

울고 있는 내 마음은

늘 숨기고 싶어요

누구와도 헤어질 일이

참 많은 세상에서

나는 살아갈수록

헤어짐이 두렵습니다

낯선 이와

잠시 만나 인사하고

헤어질 때도
눈물이 준비되어 있네요

이별의 눈물은 기도입니다
언젠가 다시 만나길 바라는
순결한 약속입니다

- 이해인 수녀의 시 〈이별의 눈물〉

세상을 떠나신 지 오래되었어도 수많은 독자들의 존경과 사랑을 받으시며 그리움의 별로 떠오르는 박완서 선생님, 선생님의 10주기를 맞아 여기저기서 선생님의 문학 작품을 재조명하는 기사와 출간 소식이 들려옵니다. 코로나19로 다들 힘겹게 살아가는 요즘 선생님이 계셨으면 몇 번이고 통쾌하게 공감 가는 글들도 써주셨으리라 생각합니다. 몹시 춥고 눈이 많이 온 2011년 1월 22일 선생님의 장례식 날. 여간해선 잘 울지 않는 제가 어찌나 많이 울었던지 옆에서 걱정할 정도였습니다. 저는 "…… 엄마의 미소처럼 포근한 눈꽃 속에/ 눈사람 되어 떠나신 우리 선생님/ 고향을 그리워한 선생님을/ 그토록 좋아하시는 부드러운 흙 속에/ 한 송이 꽃으로 묻고 와서/

우리도 꽃이 되었습니다/ 선생님의 문학을 더 깊이 사랑하는 꽃/ 선생님의 인품을 더 곱게 닮고 싶은/ 그리움의 꽃이 되었습니다……"라는 추모시를 적기도 했지요.

요즘은 글방 창고에 모아둔 여러 편지들을 정리 중인데, 선생님께서 어느 날 제게 보내주신 카드도 발견되어 다시 읽어봅니다. "수녀님의 60회 생신을 진심으로 축하드리며 지금까지 사신 만큼 앞으로 더 사시고, 지금까지 그러하였듯이 앞으로도 주님 보시기에 탐탁하고, 저희들 보기에 아름답고 미더운 나날이 되게 하시길, 마지막 날까지 건강의 복과 사랑받는 기쁨을 주시기를 주님께 기도드립니다. …… 저번에 보내주신 예쁜 것들 중에서 '오늘을 위한 기도', '말을 위한 기도'는 수녀님이 저를 위해 만드신 게 아닌가 한마디 한마디가 마음에 스며 머리맡에 두고 조석으로 읽으며 명심하고 있습니다"라고 쓰셨지요. 세상과 인간을 따스하게 감싸 안는 애정, 자만에 빠지지 않고 '자기 수련'으로 깨어 사는 겸손한 영성, 작가로서의 예리한 통찰력, 지혜, 열정을 선생님께 배울 수 있어 감사했습니다.

선생님과 함께 산책을 했던 우리 집 정원에는 요즘도 많은 새들이 놀러 옵니다. 까치나 참새는 물론 요즘은 부쩍 깃털이 화려한 후투티 새들이 자주 옵니다. 선생님이 꽃 자랑을 많이 하시던 아치울 정원에도 머지않아 봄이 오겠지요. '엄마 박완서의 부엌'이란 부제가 붙은 따님의 책을 받고 보니 선생님이 손수 차려주시던 정갈하고 정겨운 밥상이 그립습니다.

"시인으로서의 삶과 수녀로서의 삶을 가까이 대할 적마다 작은 것, 숨겨진 것의 아름다움에 눈뜨는 기쁨과 함께 안배의 신비 같은 게 느껴져 숙연해진다"라고 1994년에 펴낸 저의 두 번째 산문집《꽃삽》서문에 써주셨던 선생님, 저도 이젠 친지들의 부고를 자주 받으며 이별의 눈물이 더 많아지는 구체적인 노년을 살고 있지만 짐짓 명랑하게 살아가려 애를 씁니다.

세월과 더불어 빛을 잃어도
힘들다고 슬프다고
한탄하지 않으면
은은한 환희심이 반달로 차오를 거라고
쓸쓸해도 자꾸만 웃음이 나올 거라고
창밖의 새들이 노래로 말을 하네
정원의 꽃들이 향기로 손짓하네

이렇게 시를 읊어보기도 하는 오늘, 이별은 기도의 출발임을 다시 묵상하면서 가장 순하고 어여쁜 눈물 한 방울을 기도

의 진주로 만들겠습니다. 추억이 많을수록 눈물도 많이 모이
지만 이 눈물을 더 깊고 아름다운 삶으로 승화시키라는 선생
님의 조용하면서도 힘 있는 목소리에 귀 기울이면서.

(2021. 1.)

미안해 고마워 사랑해 – 솔비와 주희에게

세월호 7주기를 맞아

안녕? 봄을 닮은 솔비와 주희가
광안리 우리 집에 봄이 되어 온다는 그 말을
듣게 된 순간부터 계속 내 마음에 눈에
설명을 할 수 없는 뜨거운 눈물이 흐르네
7년이 되어도 그때 그 시간처럼
이별한 사람들의 이름을 부르는 일이
너무도 힘든 우리들,
그래서 살아 돌아온 이들의 이름을 부르는 일조차
너무 조심스럽던 우리들, 살아와 줘서 참으로 다행이라고
제대로 인사조차 못 하고 이렇게 세월이 흘렀네
1주기에 5주기에 나는
떠난 친구들을 위해 추모시를 적은 것밖엔
달리 한 일이 없는데 이렇게 먼 곳까지 인사를 오니
참 고마운 마음이네. 누가 따로 부탁하지 않았어도
우리 공동체의 모든 수녀님들이

언제나 잊지 않고 기도했고 앞으로도

계속 기도할 것이라는 약속으로

작은 위로를 받고 믿어주길 바라

누구를 만나면 위로가 될까. 어디를 가면 평화를 누릴까

길 위에서도 종종 길을 잃고 방황했을 너희들에게

그동안 정말 힘들었지? 견디기 어려웠지?

이런 말밖엔 해줄 수가 없네

아무리 생각해도 적합한 말이 떠오르질 않네

살아서도 사는 게 아닌 웃으면서도 웃는 게 아닌

그 깊은 마음속의 어둠과 괴로움을

세심히 읽으려고 하지 않은 우리의 무심함이

미안해 정말 미안해

그래도 슬프게 떠나간 친구들을 가슴에 묻고

눈물이 기도가 되도록 아프게 견디어준

그대들의 애틋한 노력과 인내가

고마워 정말 고마워

힘들어도 우리가 함께 만들어가야 할 봄

함께 쌓아 올려야 할 사랑의 집을 준비하며

솔비와 주희와 친구들이 곁에 있어 얼마나 든든한지!

얼마나 어여쁜지!

죽음의 바다에서 살아 돌아온 너희의 또 다른 이름은

앞으로 더 아름답고 싱싱하게 피어날 꽃들이야

지상의 어둠을 밝혀줄 별들이야

누가 뭐래도 너희는 우리의 사랑받는 보물이야

멀리 떠난 친구들의 이루지 못한 꿈까지 책임지고

더 성실하게 부지런하게 길을 떠나야 할

희망의 순례자들이야

이런 너희들을 우리 모두

사랑해 정말 사랑해

힘들어도 힘을 내라고 용기를 지니라고

가만히 응원하는 우리의 마음에도 은총의 꽃비가 내리네

너무 큰 슬픔을 아직도 다는 극복하질 못하고

시시로 두려움에 떨며 기도에 의지하는 우리 마음에

봄바람이 불어와 희망을 재촉하네

봄 햇살이 스며들어 사랑을 재촉하네

자 이제 우리 다시 손잡고 길을 떠나자

한마음으로 씩씩하게!

부디 건강하고 앞으로도 우리 서로를 기억하기로 해. 안녕!

(2021. 4. 16.)

나다운 나로 돌아가는 여행

하세가와 가즈오 선생님께

《나는 치매에 걸린 의사입니다》를 처음부터 끝까지 다 읽고 나니 한 번도 뵌 적 없는 선생님께 문득 감사의 인사를 전하고 싶어졌습니다.

책의 제목부터가 예사롭지 않아 더 관심 있게 읽다 보니 많은 부분이 공감될 뿐 아니라 새로운 깨우침도 얻을 수 있어 기뻤습니다. 이 글을 쓰는 저 자신도 스무 살에 수도원에 입회한 후 어느덧 77세의 노수녀가 되어 일주일에 한 번 공동체에서 진행하는 노인 대학에 참석하기도 하고 치매 예방에 좋다는 뇌 영양제도 복용하며 일상생활을 하는 시인 수녀입니다.

책을 많이 읽고 글을 많이 쓰니 치매에 걸릴 확률이 적을 거라고 동료들이 위로를 하지만, 저 자신을 세심히 관찰해 보면 한때 '기억의 천재'라는 칭찬을 듣던 사람답지 않게 이미 심한 '기억 장애'를 겪고 있답니다. 꿈과 현실이 종종 혼돈되는 경험도 하고 있으며, 안 급해도 될 일에는 서두르고 정작 급히 움직여야 할 땐 게으름을 부려서 생활의 중심과 리듬이 깨지는 것도 경험하곤 합니다. 100명 넘게 사는 공동체에서 누가 나를 따돌리거나 맘에 들어 하지 않으면 어쩌나 하는 염려와 긴장 속에 살고 있는 저 자신의 모습도 발견하게 됩니다.

똑같이 치매라고 해도 유형과 증상이 다르게 나타난다는 선생님의 글을 읽고 관찰해 보니, 치매로 투병 중인 우리 수녀 님들 중에도 늘 화난 듯 무표정하게 같은 행동을 반복하는 수녀가 있는가 하면, 누굴 만날 적마다 기분 좋게 웃어주는 수녀도 있습니다. 정신이 아예 없는 것 같아도 가끔은 그 누구도 따라갈 수 없는 위트와 유머로 명언을 쏟아내는 수녀도 있고, 안정감 없이 어딘가를 늘 배회하는 수녀도 있습니다.

타인이 한순간도 눈을 뗄 수 없게 만드는 치매 환자가 되고 싶은 사람은 아무도 없을 것입니다. 사실은 우리 모두가 예비 치매 환자라는 생각을 가져야 할 것 같습니다. 그 누구도 치매 환자를 함부로 타박하고 강압적으로 무시하거나 바보 취급해선 안 된다고, 병보다는 사람이 먼저라고 강조해 주신 대목에선 저도 마음 뜨끔한 반성을 하게 됩니다. 치매에 걸리지 않은 건강한 사람도 실수를 하지 않느냐고, 환자가 실수할 때 마구 다그치는 것은 옳지 않다는 말씀을 몇 번이고 되풀이해 읽어봅니다. 오래전 돌아가신 어머니의 어떤 실수에 혼내고 다그치던 제 모습을 돌아보며 다시 부끄러울 뿐입니다. (* 아무튼 살아 있는 동안이 가장 좋은 때라고, 그러므로 '지금'이라는 시간을 소중히 여기며 살아가자고, 내일 할 수 있는 일을 바로 오늘 시작하자는 선생님의 초대 말씀에 더 많은 이들이 동참할 수 있으면 좋겠습니다.)

평범하게 살아가는 일 자체가 실은 신에게 받은 특별한 보물이라고 말씀하셨지요? 치매에 걸리고 나서 잃은 것도 물론 있지만 세상이 더 넓어진 것 같다고 하셨지요? 선생님처럼 자신이 치매에 걸린 것을 겸손하게 인정하고 고백하며 주변에 도움을 요청할 수 있는 용기와 지혜가 있다면 우리는 아픈 중에도 기쁨과 평화를 누릴 수 있을 것입니다. 치매에 대한 고정 관념과 부정적인 편견을 바로잡고 좀 더 상대를 잘 듣고 이해할 수 있는 사람이 되도록 저 자신부터 노력하겠습니다.

비록 치매에 걸렸더라도 세상이 끝났다고 생각하거나 모든 것을 포기해선 안 된다는 말씀도 기억하겠습니다. '죽더라도 치매만은 걸리지 말아야 해.' '자신의 존재마저 망각할 수 있는 이 병은 얼마나 무서운지!' 늘 불평하고 저주하는 말로만 습관적으로 표현했던 치매라는 단어조차 이제는 존중하는 마음으로 대해야겠다고 생각합니다. 죽음도 삶의 일부인 것처럼 제가 어느 날 치매 판정을 받게 되더라도 가장 '나다운 나로 돌아가는 여행'일 수 있도록 순하게 받아들이고 감사하는 마음을 배우겠습니다.

일생을 치매 연구에 헌신하시고 이렇듯 좋은 책을 써주신 선생님께 존경을 드리면서 이웃에게도 이 책을 널리 알리겠습니다. 고맙습니다.

부산 광안리 성 베네딕도 수녀원에서
이해인 수녀 올림
(2021. 5.)

우리도 옷핀처럼 친구야
여형구 님의 전시를 축하하며

여행길에 오를 적마다
나는 가방에도
옷의 안쪽 주머니에도
옷핀 몇 개를 준비해 두곤 해

일상의 길 위에서
크고 작은 옷핀처럼
다목적으로 두루 쓸 수 있는
옷핀 같은 사람이 되고 싶다고
문득 생각한 적이 있어

속옷에 고무줄을 넣을 때
치마가 길어서 줄여야 할 때
손톱에 가시가 끼었을 때도
옷핀이 곁에 있으면

쓸모가 많아서 좋아

가만히 기다리다가
내가 부르기만 하면
오래된 친구처럼
정겹게 자신을 내어주는
친구 같은 옷핀들

우리도 옷핀처럼 다목적으로
든든하고 쓸모 있는
우정을 바느질하자, 친구야
사랑과 치유의 도구로
옷핀을 애용하며
옷핀 같은 영성을
오늘도 함께 가꾸어가자
기쁘게 성실하게
그리고 아름답게!

(2021. 6.)

성 김대건 안드레아 신부님께

성 김대건 신부 탄생 200주년 희년 폐막을 맞으며

200년 전 당신이 태어나신
이 땅에 오늘은 기도처럼 조용히
가을비가 내립니다
이 세상에 태어나서
만 25년을 머물다 떠난 당신
첫 사제로 서품되어 순교할 때까지
눈물과 고통의 시간을 살아야 했던
한국 최초의 사제인 당신
사랑한다는 말도 존경한다는 말도
당신 앞엔 너무 가볍기만 하네요
2021년 유네스코가 정한
세계의 인물로 빛나는 당신
탄생 200주년 기념우표 속에
십자가를 들고 은은히 미소 짓는
당신의 그 모습을 가만히 바라봅니다

존재 자체로 한 편의 거룩한 시가 되신
당신 앞에 새삼 무슨 말이 필요할지
그저 막막하고 무력할 뿐입니다
어떻게 살아야 할지 몰라 힘들 땐
손수 쓰신 편지를 읽습니다

– 이런 황망한 시절을 당하여
마음을 늦추지 말고 도리어 힘을 다하고
역량을 더하여 마치 용맹한 군사가 병기를 갖추고
전장戰場에 있음같이 하여
싸워 이길지어다 –

당신의 편지는 오랜 세월 지나도
생생하게 빛나는 진리의
목소리로 살아옵니다
요즘의 우리에게 필요한 이 말씀을 새기며
일상의 싸움터로 나갈 채비를 합니다
눈물 어린 눈을 들어 하늘을 봅니다
박해의 칼 아래 무참히 쓰러진
당신의 그 마지막 순간을 기억하며

오늘은 조금 울어도 되는지요?
피 묻은 당신의 이름을 기억하는 것만으로도
작은 기도가 되겠는지요?

박해가 없는 시기를
마음 놓고 편히 살면서도
신앙의 뿌리가 튼튼하지 못하고
자주 흔들리는 이 땅의 우리를
가엾이 여겨주십시오, 신부님
가장 가까운 이들조차
제대로 사랑하지 못해
답답하고 괴롭기 그지없는 우리를
용서해 주십시오, 신부님
이웃 위해 목숨 바칠 준비가 되지 못한
우매하고 나약한 우리들이
당신의 편지를 다시 읽으며
새 힘과 용기를 얻도록 도와주십시오
모르는 누군가를 위해서도
상처받고 피 흘리며 목숨 바칠 수 있는
무명의 순교자가 될 수 있도록

전구하여 주시길 청하면서
겸손되이 사랑을 고백합니다

- 저는 그리스도의 힘을 믿습니다
- 비록 여러분의 몸은 여럿이나
마음으로는 한 사람이 되어
사랑을 잊지 말고 서로 참아 돌보고
불쌍히 여기며……
- 서로 우애를 잊지 말고 도우면서
부디 삼가고 극진히 조심하여
주님의 영광을 위하고 조심을 배로 더하고 더해갑시다
- 마음으로 사랑해서 잊지 못한 여러분
여러분의 영혼을 위한
큰일을 경영하십시오 -

200년이 지났어도 20대의 청춘으로 살아와
사랑의 길로 모든 이를 초대하는
우리의 첫 사제 첫 영웅
신앙의 큰 스승이며 늘 푸른 큰 애인
성 김대건 안드레아 성인이시어

이제 와 영원히 찬미받으소서

우리를 위하여 빌어주소서

우리도 마침내 당신을 닮은

성인 되게 해주소서. 아멘!

(2021. 11. 21.)

끝없는 사랑의 길 위에서

내가 부르고 싶은 가톨릭 성가 〈예수 마음〉

내가 좋아하는 성가는 여러 개가 있지만 근래에 부쩍 좋아진 성가는 가톨릭 성가집에 있는 〈주 날개 밑〉(436번)인데, 특히 마지막 구절 "주 날개 밑 쉬는 내 영혼 영원히 살게 되리라"를 어머니의 묘비에 새겨드린 이후로는 자주 흥얼거리며 세상 떠난 어머니와 지인들이 그리울 때 불러보곤 한다.

그러나 수도 생활을 하면서 내가 가장 오래 좋아한 성가는 〈예수 마음〉(199번)이 아닌가 한다. 평소에 "마음이 양순하시고 겸손하신 예수님 우리 마음을 주님 마음과 같게 하소서"라는 기도를 좋아해서 자주 바치는데, 이 내용이 1절부터 4절까지 노래 속에 그대로 잘 요약되어 있어서 상황에 따라 끝 구절 네 성심과 '같게 하소서', '결합하소서', '보존하소서', '바꿔주소서'를 번갈아 화살기도로 바치는 기쁨이 있다.

이 중에서도 내 마음을 끄는 부분은 "내 마음을 내 마음을 변화케 하사 네 성심과 네 성심과 바꿔주소서"라는 가사이다. "주님, 당신이 저를 사랑하신 것처럼 저도 당신을 사랑하려면 당신의 사랑을 빌릴 수밖에 없습니다"라는 성녀 소화 데레사의 고백이 떠오르기도 하는 이 구절을 나는 지난 반세기의 수도 생활 동안 수없이 되풀이해 외우며 도움을 받았다.

어떤 일로 내 마음에 평화가 없을 때, 누구를 용서 못 해 괴로울 때, 신앙적 열정이 식어 마음이 메마르고 냉랭할 때 이 구절이 담긴 〈예수 마음〉 노래를 가도 가도 끝이 없는 사랑의 길 위에서 다시 찾아 부르며 내적 충전을 새롭게 하곤 하였다.

예수 성심 안에서 '미움을 사랑으로 바꿔주소서', '불신을 믿음으로 바꿔주소서', '이기심을 이타심으로 바꿔주소서', '거친 말을 고운 말로 바꿔주소서' 등등 나의 목록은 갈수록 더 다양해진다. 오늘은 백지에 오선지를 그리고 '예수 마음'이라는 글씨를 예쁜 색연필로 써서 글방 벽에 붙여놓으니 새삼 행복하다.

(2019. 12)

가만히
내가 사랑한 우리말

오늘은 내가 좋아하는 수많은 우리말 중에 '가만히'라는 말을 가만히 생각해 본다.

'가만히'라는 말의 사전적 뜻을 찾아보면 (1) 움직이지 않거나 아무 말 없이, (2) 어떤 대책을 세우거나 손을 쓰지 않고 그대로, (3) 마음을 가다듬어 곰곰이라고 풀이돼 있다. '감추어져 있다'에서 파생된 단어로 비밀스럽게, 개인적으로, 조용히, 넌지시란 의미라고도 나온다.

초등학교 시절 자주 부르던 노래 중에 봄이 오면 제일 먼저 부른 윤석중 작사의 노래 〈봄이 와요〉에서 '가만히'라는 말이 유난히 마음에 와닿았던 기억이 있다.

가만히 귀 대고 들어보면
얼음장 밑으로 흐르는 물
봄이 온다네 봄이 와요
얼음장 밑으로 봄이 와요

'조용히', '고요히'라는 말하고는 또 다른 분위기가 느껴지는 '가만히'라는 말. 왠지 심오하면서도 정겹게 여겨지는 이 말이 나는 참 좋았다. 누가 심하게 남을 흉보거나 잘못된 정보를 흘리며 뒷담화에 열중하는 모습을 보면 우리는 곧잘 "어? 그게 아닌데? 좀 가만히 있어 봐요"라고 하기도 하고, 서로 대화가 안 되거나 논리가 안 통해 어려움을 겪을 적에도 "잠깐 가만히 있어 보세요" 한다. 어떤 일을 바로잡아야 할 적에 체면 때문에 침묵을 지키고 있으면 옆에서 "제발 좀 가만히 있지 말고 어떻게 좀 해보세요!"라고 말하기도 한다.

무엇보다 침묵을 강조하는 수도원에서 반세기 이상 살다 보니 시시로 '가만히!' 하고 스스로에게 주의를 주거나 주문하는 일도 갈수록 더 많아진다. 어떤 자리에서 쓸데없는 참견을 하고 싶은 찰나에, 옆 사람들에게 필요 이상의 잔소리를 하고 싶은 유혹에 빠질 때 '가만히 있으세요'라고 주문하며 마음을 추스르면 이내 평화가 찾아온다.

앞으로도 '가만히!'라는 말을 더 많이 사랑하며 은은한 내적 기쁨을 키워가고 싶다. 가만히 숨어 있기도 하지만 필요할 땐 가만히 있지 않고 적극적으로 움직일 수 있는 사랑의 천사가 되리라 다짐한다. 얼음장 밑으로 흐르는 봄처럼 가만히!

(2020. 1)

즐거운 궁리가 많아서 행복한 삶

나에게 행복한 순간이란

일 년 사계절 중에 나는 특히 6월을 좋아한다. 내 생일이 들어 있는 달이기도 하지만 초록의 나무들이 싱싱한 향기를 뿜어내고 아카시아 가득한 산숲에서 뻐꾹새가 노래하는 생명감이 좋아서이다.

"올해는 희수喜壽가 아니신지요?" 어느 독자의 문자를 받고 깜짝 놀라며 뜻을 찾아보니 77세를 가리키는 거란다. 어느새 내 나이가 그리되었을까? 낯설지만 현실로 받아들이며 가만히 웃어본다. 오늘 배달된 장미 꽃바구니를 보면서 생각한다. 77세답게, 50년 이상을 수도원에 살아온 수녀답게 곱절로 더 기쁘게 더 행복하게 살아야겠다고!

'행복은 결코 먼 곳에 있지 않고 가까운 데 있다', '행복도 불러야만 오는 선물이다', '누가 내게 해주길 바라는 것을 먼저 실천에 옮길 수 있다면 그 안에 행복이 숨어 있지 않을까?' 등등 수많은 인터뷰나 수업 시간에 나는 행복에 대해 가르치고 그럴듯한 좋은 말로 답을 해왔지만, 나 자신이 행복하지 않으

면 무슨 소용일까 싶어 열심히 나름대로 행복해지려고 노력해
왔다.

요즘 누가 내게 언제 특별히 행복하냐고 묻는다면 매 순간
순간이 설렌다고 답할 것이다. '행복과 숨바꼭질하는 설렘의
기쁨'이 나를 가슴 뛰게 만드니 삶이 지루할 틈이 없다고! 아침
에 눈을 뜨는 순간부터 주어진 하루에 감사하고 해야 할 일들
을 새롭게 디자인하느라고 즐거운 궁리가 많아 행복한 인생 학
교의 실습생이라고!

담임 교사가 소개한《우리 동네》라는 내 수필 그림책을 보
고 편지를 쓴 서울의 어느 초등학교 어린이들에겐 어떤 식의
답장을 보낼까 궁리해 본다. 알을 낳고 싶어 하는 새에게 건물
의 공간을 내주었더니 6개의 알을 낳았다며 사진을 찍어 보낸
맘씨 고운 지인에겐 어떤 식으로 기쁨을 공유할까. 내가 쓴 책
의 특정한 구절을 필사하면서 힘과 용기를 얻었다는 독자에겐
어떤 모양의 감사 카드를 전할까. 갑자기 엄마를 여의고 깊은
슬픔에 빠진 젊은 수녀에겐 어떤 표현으로 위로를 전할까. 자
신이 돌보는 중증 장애인들을 보배라고 부르는 대단한 자매에
겐 어떤 선물을 보내면 힘이 될까.

엊그제 누가 내게 택배로 챙겨 보낸 다양한 음료수는 달동
네 공부방으로 보내는 게 좋을 것 같네. 삶에 대한 감사의 마음

을 상실해서 괴롭다는 후배에겐 헬렌 켈러의 《사흘만 볼 수 있다면》을 정독하고 필사해 보라고 권유해 보는 게 좋겠지? 내가 입원했을 때 병실 청소를 열심히 해주던 자매에게도 연락을 한번 해봐야겠네 등등. 나의 기도 시간은 온통 이런저런 즐거운 궁리들로 가득하다. 그래그래. 행복은 이렇게 누구를 기쁘게 해줄 궁리를 하는 데서 빚어지는 열매인 거야. 더 많이 궁리해 보자. 더 많이 감사하고 기뻐하자.

내가 네 살 때인가 동네에서 놀다가 지나가던 사람들이 예쁘다는 말을 하면 쏜살같이 집으로 뛰어와 그 장면을 드라마틱하게 묘사하는 재밌는 아이였다고 한다. 남학생들에게 러브레터를 많이 받던 10대 소녀 시절엔 한 사람의 애인 아닌 모든 이의 애인이 되고 싶다는 말을 겁도 없이 하더니 어느새 77세의 할머니가 되었구나. 결혼을 안 했기에 밥 잘 해주는 예쁜 엄마나 할머니는 되지 못했지만 시로 밥을 짓고 나누어 수도원 담 너머로 독자들과 폭넓고 다양하게 친교를 나누며 살게 되었으니 나의 또 다른 이름은 그야말로 '행복이 가득한 집'이 아닐 수 없다. 그래그래, 오늘도 더 행복하자!

(2021. 6.)

꽃잎 넷

생활 속 작은 메모

⌐ 2021. 1. 24. 일. 연중제 3주일 ⌐

오늘은 흐린 날. 오랜만에 산소에 가서 비아 수녀님(2020년 12월 10일 선종)께 인사드리고 새로 꾸민 산길도 구경하고 왔다.

요즘 피부가 건조해서 생기는 문제들을 이야기하다가, 밤에 무슨 일이 생길지도 모르니 문을 잠그지 말고 자야 한다고 여러 수녀님들이 이야길 하니, 근래에 자주 문을 잠그는 내 모습을 보게 된다. 나도 이젠 문을 잠그지 말아야겠다고 생각하면서.

⌐ 2021. 1. 25. 월 ⌐

거의 죽을 뻔한 시메온 수녀가 마침내 퇴원을 해서 식당에 나와 인사를 하니 다들 박수를 치며 환영했다. 나도 따로 가서 인사를 하니 그는 "사랑해요"라고 말을 하네. 그동안 기도의 힘을 크게 체험했다는 그. 아직도 많이 야위었으나 차츰 좋아지리라 믿어야지.

　요즘은 이것저것 정리하는 일이 귀찮지 않고 즐겁다. 뜻밖에 발견하게 되는 보물에 대한 기대도 있고.

⌐ 2021. 1. 28. 목. 성 토마스 아퀴나스 축일 ⌐

　신안 인덕성당에서 열심히 사목하던 《성당지기 이야기》의 저자 송태경 사제가 이번에 함평성당으로 이동된다고 연락이 왔다. 그가 내게 보낸 과자＋커피 한 상자가 오늘 택배로 도착해서 고마운 마음으로 웃어보았지. 그 안의 내용들이 하도 동심을 느끼게 하는 것들이어서! 맛동산을 비롯해 우유에 넣어 마시는 바나나·딸기·초코맛 스트로까지.

　병원에 다녀오니 피곤하다. 약을 많이 남겼다고 주치의가 내게 안 좋은 표정을 지었으니 반성하자.

⌐ 2021. 1. 29. 금 ⌐

　오늘은 오전에 쉬기로 하고 침대에서 고요히 마음을 모으는 시간. 창밖의 햇살은 어찌나 아름다운지! 소나무 향기를 담은 솔방울도 다시 한번 만져보는 기쁨.

　유튜브로 이재철 목사님의 간증도 한번 들어보고……. 요즘 〈싱 어게인〉이라는 음악 프로그램에서 유명해진 셋째 아들이승윤과 더불어 이재철·정애주 부부의 모습도 더불어 화제가 되는 것 같네.

햇볕도 쏘일 겸 오후엔 잠시 산책을 가는 길에 갓 피어난 매화도 만나고, 후배 수녀들과 웃음도 나누고……. 나는 여전히 꽃지팡이를 들고 있었지. 어느 수녀가 나에게 "수녀님의 뒷모습이 멋져요!" 하기에 "앞모습은?" 하며 웃었지.

내일 모레 있을 종신서원 축하식에 내가 무언가를 읽어주길 원해서 오늘 오전엔 루치오, 지헌, 엘레나 수녀의 팀 이름이 '샛별인'이기에 별 이야기를 넣어서 글짓기를 하였다.

벌써 1월의 마지막 날이네. 시간은 왜 이리도 빨리 가는 것이야.

살아 있으니
또다시 봄을 맞는구나
꽃들도 조금씩
얼굴을 보이기 시작하고……

2021. 2. 10. 수

그야말로

비대면 시대

다들 마스크로

얼굴을 깊이 덮으니

때로는 누군지

알아보기 힘들 때도 있네

2021. 2. 15. 월

오늘 새벽 김형영(스테파노) 시인의 별세 소식을 듣는다. 1944년생인 그는 얼마 전 내게 보낸 문자에 "암세포가 폐에 은하수처럼 박혔다"고 하더니. 고통스러운 병상에서도 시를 짓고 읽으며 위로를 받는다고 했다.

2021. 2. 18. 목

아프고 나니 베개 종류가 많아진다. 머리뿐 아니라 팔을 받히는 것, 발을 올려두는 것까지 족히 5개는 되는 듯?! 근육통, 관절통, 통풍, 대상포진, 족저근막염, 치통, 복통, 항암 방사선 후의 아주 묘한 통증까지……. 아직 다는 통달을 못 했으나 각종 통증이 사람을 어떻게 힘들게 하는지에 대해 조금은 경험으로 알고 있다. 그래서 잠에서 깨어날 때 아무 통증도 없이 지나가는 그런 날이야말로 환자에겐 가장 고맙고 기적 같은 선물이 아닐는지?!

2001년 1월 어느 날 철로에서 일본인 취객을 구하려다 목숨을 잃은 이수현 군의 어머니 신윤찬 님과 마침내 통화를 했다. 그분은 불자인데 나를 알고 있었고 좋은 느낌을 갖고 있는 것 같았다. 만남은 뒤로 미루고 우선 책을 보내드리게 주소를 달라고 하였다.

《이수현, 1월의 햇살》,《구름다리가 된 수현》 등의 책을 통해 나는 한 번도 만난 일 없는 청년 수현을 좋아하게 되었다. 모르는 이웃을 위해 선뜻 자신의 목숨을 내놓은 또 하나의 막시밀리안 콜베 신부님 영성을 살다간 26세의 청년 이수현.

오늘은 비교적 포근한 날. 어제는 강원도 정선에 산불이 났는데 강풍이 심해 잘 꺼지지 않는다는 뉴스가 있었지.

바야흐로 이별의 계절. 떠나는 수녀들에게 손 흔드는 일도 이제는 그만하고 싶네. 나이 들수록 헤어짐의 슬픔이 (나는 걸으로 태연한 척해도) 깊게 스며드네.

⌒ 2021. 2. 23. 화 ⌒

오늘따라 하늘의 흰 구름이 너무도 곱네. 살아가는 이유를 주는 저 푸른 하늘의 아름다움. 글방으로 오는데 어느새 빨간 명자꽃이 웃음을 활짝 터트리기 직전이고 노란 산수유꽃은 이미 피어 있네.

오늘 하루도 무사하기를! 옆구리에 온열기를 대고 이것저것 시도해 봐도 기묘한 아픔이 가시질 않네.

⌒ 2021. 3. 1. 월 ⌒

3월의 첫 월요일. 꽃들의 숨소리가 더 가까이 들리네. 독립을 위해 목숨 바쳐 희생한 분들의 넋을 기리는 오늘. 〈3월의 바람 속에〉라는 시를 어느 방송의 앵커가 마무리 시로 인용한 것도 다시 찾아 들어보는 기쁨.

"Dear March, come in!"

에밀리 디킨슨의 시를 꼭 외우게 되는 3월의 첫날.

⌒ 2021. 3. 2. 화 ⌒

3월이 되니

여기저기서
"저요, 저요" 손을 들고
꽃들이 피어나는 모습을
열심히 보아주어야지
마음의 눈을 크게 뜨고!

⌐ **2021. 3. 5. 금** ⌐

일주일에 두 번 치기공 공부를 하러 김천에 간다는 박신옥 님이 오랜만에 다시 명란젓, 굴전, 봄동전을 만들어 오고(오전 중) 잘 익은 김장김치 몇 포기를 오후에 다시 글방에 두고 갔다. 종종 글방 일을 돕던 이한숙(스테파니아) 님도 잠시 다녀가며 전보다는 조금 더 정리된 글방의 골목 복도, 편지 창고 등을 둘러보고 갔다.

요즘의 나는 옛 추억을 소환해서 글로 기쁨을 나누는 '편지 수녀'가 되어가고 있다.

⌐ **2021. 3. 8. 월** ⌐

오래전 성체대회 사무실에서 일했던 김은정(세레나)의 생일을 잊지 않고 기억했더니 늘 놀라워하네. 평소엔 연락이 뜸해도 축일이나 생일을 기억해서 서로가 챙기는 것은 좋은 일이라고 여긴다.

⌐ 2021. 3. 12. 금 ⌐

　오후 4시. 영상의학과에 가서 20분 좀 넘게 MRI를 찍는데 처음 해보는 경험. 이어폰을 꽂았는데도 어찌나 다양하게 큰 소리가 들리는지! 이것저것 생각하며 눈물이 찔끔 나오려고 했다.

　비가 와서 그런지 병원엔 비교적 환자들이 없고 한산했다. 탈의실에서 옷을 갈아입는데 문득 외로움 한 조각이 스며들었지만…… 밝게 웃으며 맞이하였지.

⌐ 2021. 3. 15. 월 ⌐

　오늘은 〈이기적인 기도〉, 〈어느 날의 일기〉라는 두 편의 시를 썼다. 시를 쓰는 일에는 아무리 힘들어도 늘 기쁨이 고여 있지. 내게 가장 행복한 일이지.

　성의여고에 설치될 도서실 겸한 해인 문학관에 약간의 비품 설치나 후원을 친지들에게 청해볼까? 아직은 생각 중이다.

⌐ 2021. 3. 16. 화 ⌐

　몸의 중심인 허리! 중심이 무너지니 일상의 중심도 무너지네. 누워야만 편하다니 이게 무슨 일이란 말인가. 밖의 햇살은 눈부신데 나는 침대에 누워 우울만 쌓이고, 웃을 수도 없고! 통증과 친해지기 힘들어 작은 꽃 이름을 불러보네. 쑥갓꽃, 상추꽃, 냉이꽃……. 그리고 나비와 새들의 뒷모습, 기도하러 들어가는 이들의 뒷모습을 생각하며 시를 짓고 싶네.

⌒ 2021. 3. 21. 일 ⌒

따스한 봄날
오늘은
떨어진 꽃잎들에 특별히
눈길이 간다
떨어진 꽃잎을 주제로
시를 쓰고 싶네

⌒ 2021. 3. 22. 월 ⌒

오랜만에 창을 흔드는 바람 소리가 좋았지.

아침에 일어나기 정말 힘들었으나 겨우 추스르고 일정을 소화하니 몸은 힘들어도 마음엔 기쁨이 일렁이네. 앞으로도 사이좋게, 선하게 내 몸과의 싸움을 잘해야 정신이 이길 수 있을 것 같다.

나이 든다는 것은 ─ 결국 망가진 몸을 힘들어하며 우울에 빠지기 쉬우니 마음 관리를 잘해야 하는 법!

⌐ 2021. 3. 24. 수 ⌐

오늘부터 토요일까진 대청소 기간.

오늘 낮에는 각 층별로 점심을 먹었는데 메뉴는 김밥과 라면. 즉석 끓여 먹는 라면을 다들 맛있다고 감탄하면서 먹네. 서울에서 단풍잎 그룹의 상순(율리아나) 님이 보낸 쑥 인절미도 맛있다고 하네. 공동체 안에서 같이 모이는 것 자체가 지극히 평범하지만 뜻깊은 삶의 기쁨이다.

⌐ 2021. 3. 25. 목. 주님 탄생 예고 축일 ⌐

부활 축하한다고 하얀 양란 두 쪽을 들고 온 우리 동네 문희숙 자매는 "근래에 위로가 되는 것은 꽃밖에 없어요"라고 하네.

꽃은 피는데 여기저기서 들려오는 아프고 슬픈 이야기들도 끊이질 않네. (미얀마의 희생자들 소식도 그러하고.) 우리에겐 애도에 대한 예의와 시간이 필요한데 사는 일에 바빠 그럴 틈이 없는 게 슬프다.

2021. 4. 1. 목. 성 목요일

4월이 오면 더욱 마음에 슬픔이 고임.

세월호 생존자 중 단원고 학생들을 기억하며 시를 하나 빚으려는데 생각처럼 쉽질 않아 계속 끙끙대고 있는 중이다. 제목은 무엇으로 할지, 내용은 어떤 식으로 구성할지 등등.

어느새 하얀 라일락이 동백꽃 사이에서 웃고 있어 깜짝 놀랐네. 곧 내가 좋아하는 보라색 꽃도 피어나겠지.

2021. 4. 2. 금. 성 금요일

나는 이상하게 해마다 성 금요일이 되면 주체할 수 없을 만큼 몸이 아프다. 예수님의 수난에 동참한다는 날이 특별히 따로 있는 것도 아닐 텐데……. 모든 기도문들, 십자가 경배 예절들, 수난 복음 등등. 성 금요일을 잘 보내야 부활 맞이도 잘되는 것일 텐데…….

2021. 4. 8. 목

오늘 저녁 식후에는 〈미나리〉라는 영화를 수련소 식당에서 관람. 모든 수녀들이 윤여정 배우의 연기를 칭찬하니 나는 그녀의 지인으로서 기분이 좋네.

하루를 잘 지내고 치과에 가서 소독. "참 오래된 인연입니다. 어제 뺀 그 치아도 역사가 오래되었고요." 의사 선생님 말씀이 가슴에 박힌다.

"해인 엔터테인먼트 차리세요!"라고 농담으로 나를 놀리는 후배들이 귀엽다. 하도 이것저것 나누기를 잘하니 붙여준 별명!

2021. 4. 10. 토

모란 꽃잎 한 장을 떼어 그 은은한 향기에 흠뻑 취해보는 기쁨!

나는 오늘도 각종 약을 먹고, 밤에는 약 먹는 꿈을 꾸고, 깨어나서는 약을 먹는 사람들을 많이 만나네. 내 몸은 다 기억하고 있겠지? 약을 먹는 나의 일생을!!

2021. 4. 14. 수

오늘 오후 분도대 수업에선 각자 화분을 하나씩 나누어 갖는 작업. 키우다가 한 달 후에 다시 들고 오라고 하였다. 4가지 종류 중 나는 '버베나 파라솔'을 들고 왔지. 보라색 꽃잎이 맘에 들었다.

〈 2021. 4. 15. 목 〉

오늘 점심은 동네 중국집 백향의 요리사가 주방으로 올라와 우리 전체 식구가 먹을 수 있도록 짜장면, 짬뽕, 볶음밥을 해주어 다들 세 종류로 나누어 맛있게 먹었다.

대식당에서 수도원의 대가족이 서로서로 챙겨주며 밥을 먹는 모습은 언제 보아도 대단한 예술이다. 살아 있기에 누릴 수 있는 생생하고 아름다운 특권이다.

〈 2021. 4. 16. 금 〉

오늘은 세월호 7주기! 나는 왠지 오늘 마음뿐 아니라 몸까지 아픈 느낌이 드네. 지난번에 이곳을 다녀간 주희·솔비와도 문자로 대화를 하고, 죽은 덕하의 엄마 김상희(사라) 씨와도 문자를 주고받았지. 오늘 방영하는 많은 프로그램들이 있으나 나는 〈열여덟의 기억, 스물다섯의 약속〉 외엔 슬퍼서 보게 되질 않는구나. 더 이상은……

〈 2021. 4. 19. 월 〉

1960년 내가 안국동 풍문여중에 다니던 그 시절. 교문 앞에서 일어나던 일들을 잊을 수가 없다. 나라가 온통 난리였지. 4·19 혁명! 여고 1학년 때 나는 무슨 행사에서 시도 읽었는데 그 원고는 어디 갔는지 모르겠네. 요즘은 옛일들이 조금씩 하나하나 떠오르네. 돌아가신 엄마, 언니, 오빠 생각도 더 많이 나네. 삼촌과 고모들 생각도.

2021. 4. 21. 수

정수기를 점검하기 위해 두 달에 한 번 꼴로 오는 자매님, 병실 밤 당번을 위해 '조은집'에 오는 자매님, 재봉실에 주방에 출근하는 형제자매님들, 이분들에게도 종종 책을 전하며 인사를 하면 매우 고마워하곤 한다.

오늘은 내가 참치김밥을 만들어 자료실, 안내실, 요한의 집에 전하니 "진짜 수녀님이 하신 거 맞아요?"라고 하네. 맛이 좋다면서.

2021. 4. 23. 금

오늘은 셰익스피어의 생일이라며 책의 날 행사를 해마다 서점에서 많이 했는데, 최근에는 코로나 여파로 아무것도 할 수가 없을 테지.

정원을 한 바퀴 도는 일도 얼마나 행복한지! 매실은 제법 굵어졌고, 밀도 통통하게 크고 있고, 감자밭에도 근대밭에도 푸른 잎들이 나날이 무성해지고. 잠시 관찰하는 것만으로도 멋진 기도가 된다.

2021. 4. 25. 일. 부활 4주일, 성소 주일

약간은

흐린 날

나는 오늘 문득

시를 쓰고 싶네

묘지에 가서 내일 축일을 맞는 마르첼리나 수녀와 같이 글레멘스 수녀에게 인사 전하며 시간에 대한 묵상을 했지. 내가 쓴 〈꽃이 진 자리에〉라는 시를 낭송해 주었다. 무덤 속과 지상의 두 친구에게.

오늘따라 오후엔 바람이 많이 불었지. 통증이 언제 어디서 올지 예측불허의 삶을 사는 노년기의 수녀들. 그래도 웃으려면 지속적인 인내와 용기가 필요하다. 내가 침대에 똑바로 안 눕는다고 마구 화를 내는 친구 수녀의 잔소리도 밉지 않고 오히려 정겹게 느껴지는 주일. 혼자서 빙그레 웃어본다.

2021. 4. 26. 월

집 안에만 있는 대신 안팎으로 늘 심부름이 많고……. 책 읽는 일에도 진도가 더딘 걸 보면 확실히 나이 탓(?) 같기도 하네. 심부름을 잘하려면 일단 깨어 있고, 의식이 또렷해야 하니…… 흐려지지 않도록 노력해 보자.

요즘 나는 계속 먼저 저세상으로 가신 가족, 친지들을 간절히 생각하고 그리워하는 중이다.

⌐ 2021. 4. 30. 금 ⌐

드디어 화이자 백신을 우리 동네 문화체육센터에 가서 맞는데 순서가 어찌나 질서정연한지…… 새삼 놀라게 되었네. 75세 이상의 노인 대열에 나도 끼어서 하늘 보며 앉아 있는데 미소가 절로 피어났지. 셀카를 찍어 몇 군데 보내기도 하였지. 마음은 젊다고 느끼는 나도 이젠 77세 노인의 대열에 들어서 웃고 있다고! 아직 이렇게 살아 있음이 복되고 유쾌한 일이라고!

⌐ 2021. 5. 1. 토 ⌐

아름다운 5월의 첫날. 나는 스스로에게 하루 휴가를 주고 싶을 만큼 몸과 마음이 편치가 않네. 쉴 때는 분심 없이 편히 쉬어야 하는데 그 일이 뜻대로 되지를 않는군.

점심은 파비아나 수녀에게 부탁해 비빔국수로 해결하

고…… 나는 종일토록 음악을 들으며 침대에 누워 있기로 한
다. 쉬는 일에도 질서가 필요하구나.

2021. 5. 3. 월

어느새 신록의 계절! 성당 앞 느티나무가 유난히 더 싱그럽
고 아름다워 보이네. 내가 심은 나무라서 더 애착이 가는지도
모를 60주년 기념식수! 언덕을 오르내릴 적마다 내게 얼마나
위안이 되는지. 기쁨을 주는지.

2021. 5. 5. 수

어린이날인데 안팎의 분위기가 너무 쓸쓸하고 메마른 것 같
다. 초등학생들이 내게 쓴 편지와 시화를 게시하니…… 많은
수녀들이 읽어보면서 미소 짓는다. 나에게도 맑고 밝은 동심
이 물들어서 어린 시절 담임교사 이름들을 적어본다. 이분들
은 지금 어디에서 무엇을 하고 계실지?

2021. 5. 9. 일. 부활 6주일

요즘은 왜 그리도 잠이 쏟아지는 것인지. 간밤에도 세면실
에 불을 켜둔 채 잠이 들었다.

백경 책방의 구태경 대표가 내가 원하는 여러 권의 책들을

경비실에 맡겨놓고 가니 큰 부자가 된 것 같다. 역시 책을 읽는 즐거움은 가장 큰 행복이 아닐 수 없다.

침방 3개를 공사 중이어서 그동안 어수선하던 4층이 깨끗이 정리가 되었다. 어쩌면 그리 일을 조용히 하는지!

⌒ 2021. 5. 11. 화 ⌒

새들의 이름을 알고 싶어 사진을 찍어 조류도감을 살펴보아도 잘 모르겠어서 답답하네. 자세히 보면 아주 조그맣고 예쁜 새들이 많이 놀러오는 여기가 천국이 아닌가 싶네.

선인장에 오랜만에 피는 꽃을 보는 것, 시들시들하던 식물들이 물을 먹고 다시 살아나는 것을 보는 기쁨 또한 일상에 탄력을 준다.

⌒ 2021. 5. 13. 목 ⌒

요즘은 어린이들과 편지나 대화를 주고받는 일이 나를 즐겁게 하네. 그 애들 나름대로 내게 궁금한 것도 많다고 하네. 영상을 보면서 내 목소리가 젊어서 놀랐다는 아이들. 이달 말에 하게 될 영상 수업이 기대가 되네(서울 길동초등학교 3학년 5반 학생들). 언젠가 직접 방문했던 서울 성일초등학교 3학년 학생들은 이제 고학년이 되었겠네.

몸은 아파도

마음은

노래하는 새처럼

즐거울 수 있다고

종종 이야기한 것을

나는 지금

취소하고 싶네

온몸에 고장이 나

힘이 드는 날은 더욱!

그래도 웃어야 되는

나의 멋진 삶

2021. 5. 16. 일. 예수 승천 대축일

아침부터

조용조용 비가 내리네

비는 조용히 내려도

나는

그 소리를 들을 수 있지!

(시인의 마음으로)

이번 화요일 저녁부터 피정에 들어가는데 나는 같이 피정하는 22명의 수녀들 이름을 봉투에 적고 그들에게 필요한 약간의 소품(책, 연필, 엽서 등등)을 넣으며 기도하는 마음.

2021. 5. 17. 월

요즘 꿈에는 종종 그동안 보이지 않던 우리 언니 수녀님, 올케 언니의 얼굴도 살짝 보이니 반갑네. 세상을 떠난 이들을 기억하는 것은 우리를 잠시 겸손하게 만들어준다. '통공의 신비'를 믿지 않는다면 삶이 얼마나 허망할 것인가! 신앙인답게 '허무주의'를 넘어서는 오늘을 살자.

2021. 5. 19. 수

오후에 잠시 보여준 햇빛이 얼마나 찬란하고 고마운지! 평소엔 고마운 줄 모르다가 장마철이 되면 새삼 더 그리운 햇빛!

《외딴 마을의 빈집이 되고 싶다》는 1999년판 시집을 빌려간 이레나 수녀가 새삼 감탄+감동을 했다면서 특별히 표시해 둔 시의 제목을 알려주네. 〈추억 일기〉, 〈왜 그럴까, 우리는〉, 〈병상 일기 2〉, 〈마음에 대하여〉, 〈연필을 깎으며〉 등등.

⌒ **2021. 5. 20. 목** ⌒

뻐꾹새 소리가 조금씩 선명하게 들리기 시작하네. 전에 비해 소리도 약해진 것 같은데……. 새들도 요즘은 인간들의 이기심 때문에 머물 곳이 마땅치가 않을 때가 많을 것 같네.

오후엔 잠시 2차 백신 접종을 하러 수영구 광안동 국민체육센터에 가서 시키는 대로 접수-대기-주사-반응 살피기-귀가를 하였다. 모든 걸 다 알아서 완벽하게 케어해 주는 수도 공동체와 수영구청에도 새삼 고마운 마음이 들었다.

⌒ **2021. 5. 23. 일. 성령 강림 축일** ⌒

첫 서원 한 지 53주년 되는 날! 세월이 참 빨리도 흘렀구나! "오늘이 무슨 날인지 알지?" 마리엘라 수녀가 은혜의 집으로 들어가는 나에게 살짝 말했다.

오늘은 미사 중에 수련소 자매들의 특송도 있었지. 나는 피정자들을 위해 '생일을 만들어요 우리' + '시간의 말' 엽서와 초콜릿, 과자 종류 그리고 어희숙(아델라) 자매가 보낸 핸드크림을 준비해 별도의 식탁에 차려두었다.

아침 식사 후에 묵주를 들고 남쪽 밭을 가는 중 재봉실 앞에서 발견한 네잎클로버 한 송이! 인연이 닿아 반갑게 인사를 나누었네.

2021. 5. 26. 수

연중 피정 마지막 날. 어제는 일부러 피정 집 경당에서 다른 피정자들과 함께 화면으로 미사에 참여했는데…… 모든 걸 영상으로 처리하는 일이 매우 자연스러운 현상이 되어 있는 시대를 살고 있네. 수업도, 회의도, 미사도, 예배도, 공연도…… 다 영상으로 가능할 수 있다니. 정말로 큰 변화를 경험하는 가운데 우리는 자칫 마음을 잃어버릴까 걱정이 된다.

'십자가의 길'로 마무리한 나의 연피정. 시간이 많은 것 같았지만 썩 예상대로 되진 못했고 그래도 다른 때보다는 훨씬 여유가 있어 행복했다. 일 년에 한 번 말고 두 번 정도 이런 기회가 있어도 좋을 것 같네. 비록 침묵 중에 서로 한 마디도 안 했으나…… 막상 아침 식사 후, 다들 헤어지니 서운한 느낌!

2021. 5. 30. 일. 삼위일체 대축일

보통은 7월에 떨어지던 살구가 벌써부터 조금씩 예쁜 모습으로 익어가면서 몇 개씩 아래로 떨어지니 나는 오며 가며 줍기에 여념이 없네. 하나 먹어보니 맛이 참 좋다. 내가 좋아하는 자두와는 또 다른 맛의 살구! 나는 이제 살구나무의 일생을 우리 수녀원에서 가장 자주 목격하는 살구 예찬론자가 되어가고 있다.

《살고 싶어서, 더 살리고 싶었다》의 저자인 신승건 의사가 내가 추천 글 쓴 책을 경비실에 맡기고 가곤 하다가 오늘 처음으로 나를 만나러 왔다. 예상은 했으나 어찌나 몸이 야위었는지 걱정스러울 정도였지. 심장 수술을 세 번이나 하고도 지금은 의사가 되어 해운대 보건소에서 일하고 선천성 심장질환을 앓는 어린이들을 위한 봉사를 하는 신승건(안셀모) 형제님과 그 가족을 위해 나도 더욱 기도해야겠다.

2021. 6. 5. 토

아침 식사 후에 글방으로 가는 길. 살구나무 아래 살구가 어찌나 많이 떨어졌는지 기쁘게 줍느라고 정신없었네. 오늘은 바람 없고 비도 안 오는데 어찌 그리 많은 살구가 떨어진 것일까. 톡! 하고 떨어지는 그 모습이 나에겐 "나 여기 있어요!" 하는 외침으로 들린다. 싹이 나고, 꽃이 피고, 꽃이 진 자리에 열매가 달리는 것을 지켜보는 것 자체가 아름다운 감동이 아닐 수 없다.

2021. 6. 15. 화

단무지와 몇 가지 재료가 있어 내가 꼬마김밥을 만들어 돌리니 생각보다 간도 맞고 맛이 있다고 하여 기회 있을 적마다 만들어서 주변에 (김이 있으니까) 간식을 전하고 싶네. "이런 것도 할 줄 알아요?" 수녀님들은 웃으며 묻는다. 믿기지 않다는 표정으로! "글쎄요, 책상 앞에 앉아 글만 쓰다가 야금야금 실습해 보니 은근히 재미있어서 계속하게 되네요." 나도 웃으며 대답한다. 기쁘게!

2021. 6. 16. 수

예전에 작은 고모님이 초량성당에서 전교하실 적에 잠시 주방 일을 돕던 아가씨가 우리 집 수녀님이 되었는데, 지금은 연세도 많지만 더 이상 걸을 수가 없게 되었다니 마음이 많이 아프네. 예전의 일을 잘 기억 못 하는 약간의 치매도 있으시지만 얼마 전까지만 해도 복도에서 자주 마주했는데…… 침방으로 문병을 가자니 은근히 두렵고 겁이 나는 마음. 딱히 할 말을 못 찾기 때문이다.

2021. 6. 20. 일

내일 치과 수술을 위해 오늘은 하루분의 약을 먹는 날. 미리부터 겁이 나는구나.

이천 쿠팡 물류센터에서 난 큰 화재로 실종이 된 소방대장

(김동식 씨)은 결국 살아 돌아오지 못하였다. 너무도 안타까운 일이다. 그의 가족들은 얼마나 기가 막힐까? 아프고 슬픈 일이 요즘은 너무 많이 일어나네.

○ 2021. 6. 25. 금 ○

사건 사고가 끊이지 않는 세상이다. 어제는 미국 플로리다에서 12층짜리 아파트가 붕괴되어 많은 희생자가 발생하고……. '각층 겹겹이 쌓인 팬케이크 붕괴'라는 제목 자체가 얼마나 비극적인지! 실종자 156명의 가족들은 얼마나 안타까울지.

매일 습관처럼 신문을 펼치는 것은 그래도 이웃에 대한 관심 때문이다. 이해할 수 없는 상황 가운데서도 마음만은 슬픈 이들을 향해 있어야 할 것 같아서…….

○ 2021. 6. 27. 일 ○

아침에 일찍 일어나서 정원을 한 바퀴 도는데 호박꽃도 예쁘고 수국은 어찌나 푸르게 탐스러운지!

모처럼 오후에 시간이 나서 전에 받은 한지민 주연의 〈미쓰백〉이란 영화를 보고 학대에 시달리는 어린이들에 대해 더욱 구체적으로 생각하게 되었다. 이 영화로 연기상도 많이 받은

한지민에게도 문자를 보냈지.

⌒ 2021. 6. 28. 월 ⌒

　요즘은 나도 그림책 읽는 일에 맛 들여서 계속 찾아 읽게 되네. 언젠가는 나도 어른과 아이가 함께 읽는 그림 동화책을 쓰고 싶기도 하다. 현북스에서 기존 작품을 기획해서 낸 것도 7권이나 되는데《우리 동네》는 초등학교 교과서를 다루는 참고서에 재수록을 요청하기도 한다지.《나만의 박물관》은 특히 좋아서 다시 읽어보려고 한다.

⌒ 2021. 7. 1. 목 ⌒

　7월의 첫날. SNS에는 내가 쓴 시〈7월은 치자꽃 향기 속에〉가 많이 떠다니고 있네. 간밤 꿈에는 내가 어느 터널을 지나 빛으로 나아가는 꿈! '가는 길이 전보다는 덜 힘드네' 혼잣말을 하며 가파른 언덕길을 올라갔었다. 또 한 장면은 새로 짓는 어느 성당 부근에서 아는 교우들을 만나 반갑게 인사를 나누었지.

⌒ 2021. 7. 4. 일 ⌒

　늦장마가 시작된다더니…… 아침부터 세차게 쏟아지는 비.

비는 필요하고 좋은데 너무 많이 와서 제발 피해만 주지 않으면 좋겠구나.

사무실에 나오니 언제 창문이 열린 건지 사진 액자들이 다 떨어지고 깨지고……. 내가 관리를 그동안 좀 소홀히 하였네.

요즘은 저녁마다 각 담화방에서 수녀들끼리 퀴즈 문제를 머리 맞대고 풀어가는 기쁨과 재미가 쏠쏠하다.

⌒ 2021. 7. 9. 금 ⌐

'거리 두기'가
4단계로 된다고 하네
좀체 수그러들 기미가 보이지 않는
코로나의 어둠!
우리는 이제 어떻게 살아야 할지?!

⌒ 2021. 7. 18. 일 ⌐

요즘은 손 편지로, e-mail로 알뜰하고 간절한 독자들의 편지도 꽤 많이 오는 편이다. 일일이 다 보관해 두고 싶을 정도로 애틋하고도 진실한 편지들! 그들은 내가 무어라고 그리도 감동하며 정성을 바치는지. 황공하기 그지없네.

내가 세상을 떠나고 나면 온 사방에 편지만 남을 것 같네.

⌒ 2021. 7. 20. 화 ⌒

너무 더워서 꼼짝하기 싫더라도 쉼 없이 책은 읽어야지. 책을 손에서 놓으면 이내 속 빈 사람이 된다. 시련과 역경을 대처할 내적 힘을 잃어버린다. 자주자주 쉬고 싶어 하는 나의 몸에게도 경고를 해야 한다. '제발 좀 보채지 말고 가만있어 보세요. 조금만 더 견디어보세요'라고!

여름 더위에 공동체 안에서 사람들은 극히 사소한 일로 민감해지네. '세상엔 더 큰 일이 많은데 우리는 이런 일로?' 스스로 웃으면서 넘어가는 용기가 필요하다.

⌒ 2021. 7. 21. 수 ⌒

방이 너무도 더워 선풍기 2개를 켜두어도 크게 도움이 되질 않네. 어서어서 여름이 지나면 좋겠다는 마음이 들다가도…… 계절에게 미안해 그냥 견디어보는 쪽으로 고운 마음을 새롭게 가져보네.

지인들이 보내주는 옥수수, 블루베리, 감자떡, 보리빵, 아이스크림 등등. 간식도 여름을 견디는 데 도움이 되네.

⌒ 2021. 7. 24. 토 ⌒

32회 올림픽 개막식을 영상으로 보는데 일본에서는 코로나

19로 인해 시기적으로 안 좋아 고민이 많을 것 같다. 무관중으로 치러진다니 사람들의 환호도 없고⋯⋯. 미처 상상하지 못한 일들을 겪으면서 우리는 안팎으로 자중하고, 이기심에서 빠져나와 함께 사는 공동선을 다시 배워가야 할 것 같다.

2021. 8. 7. 토. 입추

오늘도 입추라는 게 무색할 만큼 어찌나 더운지! 사이사이 책을 읽고 시도 쓰고 누군가에게 선물할 궁리도 하는 기쁨이 있네. 살아서 누리는 특권이겠지.

2021. 8. 8. 일. 연중제 19주일

비 온 뒤의 푸른 하늘이 그립네. 작년보다 올해는 더 많이 피어난 백합들, 하얀 꽃들! 향기는 예전보다 덜하지만 너무 많이 줄지어 피어 있는 그 모습이 기도하는 것처럼 보여 발길을 멈추게 된다.

준결승전에 진출한 우리나라 배구팀을 응원했는데 세르비아에 3:0으로 지긴 했지만 4강까지 올라간 김연경 외의 모든 선수들이 멋져 보인다.

⌒ 2021. 8. 9. 월 ⌝

마디마디 손가락과 팔꿈치가 아프니 내가 보는 꽃들도 아파 보이네. 실은 코로나 시대의 모든 것이 다 아파 보이네.

오늘은 그래도 동시 〈고맙다는 말〉, 시 〈편지-친구에게〉 두 편을 준비하면서 아픔 중에도 기쁨을 만들려고 노력하였다.

⌒ 2021. 8. 18. 수 ⌝

탈레반에 정복당한 아프가니스탄에서 탈출을 시도하는 이들의 안타까운 모습! "너라도 살아야지" 하면서 아기를 철조망 밖으로 던지는 엄마들의 애끓는 절규! 생각만 해도 기가 막히다. 안 그래도 코로나19라는 역병으로 온 세계가 어수선한데……. 신의 이름으로 전쟁을 하는 것은 당연하고, 순교하면 영광이라고 여기는 이슬람의 믿음 체계에도 새삼 원망스러운 마음이 되네. 날마다 기도의 제목이 더욱 늘어만 가는구나.

⌒ 2021. 8. 20. 금 ⌝

수국도 지고 백일홍도 지고 백합도 지고……. 꽃들이 질 때가 되니 나비들은 어디선가 더 많이 날아오네. 하양·노랑나비 아닌 호랑나비들이! 폭우에 놀라서인가 요즘 새들은 어디로 자취를 감춘 것 같네. 내가 키우는 다육이들이 천천히 자라고 때로는 꽃을 피우니 그저 신기할 뿐! 감사할 뿐! 해인글방 앞에 작은 식물원 차리길 정말 잘했다.

2021. 8. 23. 월

오늘은 동생 로사의 영명축일. 로사라는 이름이 꽤 많아서 축하의 문자만 하는데도 시간이 걸리네. 성당 자리, 담화방, 식탁 자리 등등 또 변화가 필요하니 적응에 대한 준비도 되어 있어야 한다. 시간이 지날수록 나도 역시 이별이 더 힘들다. 익숙한 것이 좋고 낯선 것은 두렵고……. 용기 없이 더 소심해진다. 내 마음을 지혜롭게 다스려야지!

2021. 8. 28. 토

"보물창고 공주님께"

가르멜 수녀원, 돌아가신 우리 언니의 단짝이었던 젬마 수녀님이 카드 양면에 글씨를 빼곡히 적어 편지를 쓰셨네. 지난번에 내가 그곳에 보내드린 '아나바다' 소품들로 휴식 시간에 어찌 즐겁게 보냈는지, 가위 바위 보를 해서 우선 진 사람부터 물건을 고르고…… 각자의 필요가 채워져서 만족도가 높았다며 그날의 분위기를 전해주시니, 우리 언니가 너무도 보고 싶네.

⌐ 2021. 8. 29. 일 ⌐

오늘은 쉬는 주일이라 모처럼 로사리오 정원과 산으로 올라가는 남쪽 밭 쪽을 산책했는데 꽃들이 지는 모습을 보니 애틋한 그리움 같은 감정이 솟아오르네. 부용화가 너무 곱게 피어 사진도 찍어두고……. 둥근 호박들이 푸근하게 앉아 있는 모습이 엄마를 연상케 했지.

저녁 담화 시간엔 이준익 감독의 영화 〈자산어보〉를 감명 깊게 보았다. 배우들도 어찌나 연기를 잘하던지!

⌐ 2021. 8. 31. 화 ⌐

벌써 8월의 마지막 날이라니?! 불볕더위도 이젠 한풀 꺾인 것인가. 해인글방 앞의 백일홍, 분꽃들이 갈수록 정겨운 느낌. 분꽃 씨를 받아서 또 나누어야겠다. 꽃들이 입을 꼭 다물고 있을 때의 침묵, 활짝 피어났을 때의 그 웃음을 나는 오래오래 기억해 두고 싶네.

⌐ 2021. 9. 1. 수 ⌐

책갈피에 분꽃 잎을 말리고, 옛날에 받아둔 분꽃 씨를 감상하고, 수영구 신문에 실린 '이색 도서관' 기사를 오려두고, 버려진 소나무 가지 하나를 작은 항아리에 꽂아두며 즐거워하고……. 사소한 것들이 가끔은 우울했던 나를 일으켜 세운다. 설레게 한다. 서울에서 동생이 그동안 모아둔 꽃 손수건들을 보내 엄마 생각 절로 나네. 꽃무늬 있는 것들을 유난히 좋아하셨던 우리 어머니, 시인의 어머니.

⌒ **2021. 9. 9. 목** ⌝

언제나
숙제 많은 수녀인 나!
그러나 숙제가
지겹지 않고 즐거운 나!
그래서 매일의 삶이
지루할 틈이 없는 나!

한가위 명절을 앞두고 지인들이 보내오는 과일, 과자, 영양식품, 책 등등을 필요한 부서로 알맞게 나누어 보내는 것도 내 소임의 일부이다.

어머니를 위한 연도를 우리 집 산소에 가서 바치니 경기도 포천의 '천보묘원'이 생각나고 땅속에 누워계신 엄마도 더욱 그리운 마음!

2021. 9. 11. 토

오늘 오전 10시부터 11시 30분까지 책읽기문화재단에서 후원하는 독서 동아리 책사랑 회원들 대상으로 줌(Zoom) 특강을 처음으로 하게 되었음. 지난해 미국에 사는 안희경 님과 여러 차례 화상 인터뷰는 해보았으나 강의는 처음이어서 긴장이 되었다. 9·11 테러 20주년 이야기도 놓치고 시 낭송, 질의응답, 덕담 순으로 진행하였는데 26명이 청강을 했다고 하네. 제주에 사는 독자는 장영희의 제자라면서 눈물을 글썽이고…….

2021. 9. 13. 월

오늘로 9일 기도 마감! 나도 90주년 축시를 다시 손질하였지. 살아서 시를 빚는 일은 내게 가장 보람 있고 아름다운 일이 아닐까. 훗날 그런 시인이 있었네, 후배들이 기억을 해주겠지.

2021. 9. 17. 금

큰 태풍이 온다더니 걱정과는 달리 살짝 비켜 가는가 보다. 아버지 생각이 많이 나는 그런 날. 그분이 집을 떠나신 날! 해마다 오빠는 이날을 기념하며 미사에 간다고 했지. 그러더니 본인도 멀리 떠나고……. 글방 책상 위에 아버지, 엄마, 언니,

오빠 사진을 놓으니 좀 더 가까이 있는 것 같고 기도가 되네.

⌒ **2021. 9. 23. 목** ⌒

어느새
바람이 조금씩
가을 맛을 낸다

묘지에 다녀온 수녀들이
꿩 가족 만난 일을
식탁에서 이야기하는 것이
정겹다

⌒ **2021. 9. 24. 금** ⌒

요즘 나는 산책길에서 만난 나비, 새, 꽃들(여주꽃, 수세미꽃, 가지꽃, 설악초, 공작초 등등)을 사진 찍어서 민들레카페 회원들과 공유하기를 즐긴다.

⌒ **2021. 9. 25. 토** ⌒

작은 글방에서 여러 책들을 솎아내는 작업을 했다. 조금씩 조금씩 즐겁게 나의 주변을 정리하는 이 기쁨은 이별에 대한 예의이기도 하다.

　잔디밭에 있는 개의 똥을 누구도 선뜻 치우려 하지 않으니 먼저 발견한 내가 치우면서 종종 이 작업을 위한 삽을 하나 준비해야겠다고 생각해 본다. 본성적으로 끌리지 않는 일을 속히 이행하고 났을 때의 자유로움을 더 누릴 수 있기를!

⌒ 2021. 9. 29. 수. 라파엘·미카엘·가브리엘 대천사 축일 ⌒

　나는 자주 이용하는 구내식당 앞 복도의 창틀 코너에 천사 캐릭터들과 액자를 두고, 〈천사 놀이〉라는 시를 붙이고, 앞에는 여러 종류의 사탕과 조각 초콜릿을 두니 다들 기뻐하며 들고 갔다.

　10월 9일 한글날에도 옛 시집과 한글에 대한 시로 꾸미고 허브 사탕도 갖다 두어야지. 생각만 해도 기쁨의 엔도르핀이 나오네.

⌒ 2021. 10. 2. 토. 수호천사 축일 ⌒

　나는 오늘 오후 로사리오 정원을 산책하다 성모상 옆에서 만난 연두색 거미와 거미줄을 한참 바라보며 깊이 생각하였다. 거미의 정주에 대한 묵상도 하며 문득 시를 써보고 싶었다. 나비와는 또 다른 특성을 지닌 '거미'라는 존재! 그동안 무심해서 몰랐는데 거미에 대한 공부도 새롭게 해야겠네.

《현대시학》 10월호에 실린 김선태 시인의 〈별들의 야근〉이란 시가 좋아 되풀이해 읽었다.

> 우주에 사는 별들은/ 해가 퇴근하면 출근한다
> 밤새 눈을 비벼가며/ 새벽까지 반짝반짝 야근한다
> 아주 흐린 날을 빼고는/ 사시사철 결근이 없다
> 달처럼 보름 주기로/ 휴가도 가지 못한다
> 밤하늘이 아름다운 것은/ 야근하는 별들 때문이다
> – 김선태의 시 〈별들의 야근〉

이것저것 날마다 정리를 하는 중에 "단단히 정리하세요. 혹시 수녀님 먼저 가면 내가 다 정리해 줄 수도 있으나 그렇지 않으면…… 평소에 미리미리 해두는 수밖에 없어요" 하고 친구 임 수녀가 가끔 정색을 하고 말하니 문득 마음이 급해지네. 누가 준 쪽지 하나도 선뜻 못 버리는 나. 그러다 보니 본인에게 돌려줄 것도 많고, 옛 잡지나 신문에 난 기사들을 다시 보면 어느 것은 소중한 추억으로 미소 짓게 만든다.

코로나19 덕분에 집에 있는 시간이 많아진 것 또한 얼마나 다행인가.

　2021. 10. 8. 금 ⌍

오늘 저녁 식사 후 홍창형 교수님의 '치매 생존법'이란 특강을 영상으로 들었는데 매우 흥미롭고도 유익한 강의였다. 그누구도 예외일 수 없는 예비 치매자로서 이것을 숨기거나 부끄러워하지 말고, 감기·몸살처럼 자연스레 받아들이고 함께 일상을 살아야 한다는 내용!

　2021. 10. 12. 화 ⌍

요즘의 나는 부쩍 예쁜 꿈을 더 많이 꾸는 것 같다.

도낫다 수녀가 지압봉을 붙여준 날은 커피를 많이 마셨어도 잠을 잘 자니 좋구나.

오랜 기간 그야말로 방치되어 있던 '민들레의 영토'(이해인 수녀의 팬 카페)가 김성래를 중심으로 새로운 운영진들과 같이 활성화시키니 고마운 마음. 솔방울, 고수, 봄눈, 시냇물, 꽃마리, 귀신고래…… 그들의 닉네임을 가만히 불러본다. 권순재군에게도 이름을 주어야지.

⌒ 2021. 10. 14. 목 ⌒

오늘은 너무도 맑고 밝고 투명한 가을날. 가을 길을 걸어 조이비인후과에서 독감 예방 주사를 맞고 왔지. 하도 오랜만의 외출이라 길가의 모든 것이 새로웠다. 51번, 20번 버스도 아직 그대로 운행하는 것이 새삼 반가웠지.

⌒ 2021. 10. 16. 토 ⌒

주사 맞고 쉼 없이 일을 해서인가 오늘은 비가 내리는 가운데 나는 미열도 나고 조금 아프네. 종일 쉬고 싶어도 낮 설거지 당번이라 꼭 나가긴 해야 하는 상황. "수녀님 없으니까 그 자리의 정리가 안 되어서⋯⋯" 이 말을 들으니 나는 기쁘기도 하였지.

⌒ 2021. 10. 18. 월 ⌒

가을이 오고 코로나 분위기가 웬만큼 괜찮아서인가 수녀들이 너도 나도 일주일씩, 열흘씩 휴가를 떠나네. 파비아나 수녀도, 쟌다크 수녀도! 큰 틀에서 벗어나 마음껏 잠도 자고, 느슨한 일과로 하루하루를 보내는 시간들을 갖는 것이겠지. 그러나 내가 최종적으로 돌아와 쉴 곳은 바로 여기라는 걸 새롭게 깨우치는 것이 휴가가 주는 또 다른 선물이기도 하다.

⌒ 2021. 10. 20. 수 ⌐

오늘 분도대 수업에서는 여러 종류의 밑그림에 색칠하기. 나는 예수님의 얼굴과 화병에 꽂힌 꽃 그림을 선택해 색연필로 색칠했는데 그 작업 자체가 즐거웠다. 그림 그리는 동안 사이사이 허브 사탕 4~5개씩 나누어주니 "어찌 늘 그런 생각을 해요?" 하며 감탄의 덕담을 해주는 우리 수녀님들! 살아갈수록 오랜 연륜을 함께해 온 우리 수녀님들이 더 귀하게 여겨진다.

⌒ 2021. 10. 21. 목 ⌐

아침부터 조용조용 내리는 가을비. 요즘은 전보다 더 깊은 잠을 자서 정신도 맑고 좋은 느낌이다. 잠은 역시 중요한 보약! 어서 밀린 숙제들을 마치고 침대 곁에 잔뜩 쌓인 좋은 책들과 마주해야지.

⌒ 2021. 10. 24. 일 ⌐

하늘이 맑고, 높고, 푸른 아름다운 주일! 나는 늘 사소한 일들로 분주하지만 그래도 이것이 내가 아직도 살아 있다는 증거가 아닐까? 누가 아프다면 마음을 쓰고, 기쁜 일이 생기면 같이 그 기쁨을 나누고……. 무어라도 시를 통해 표현할 수 있음이 나는 좋다.

⌒ **2021. 11. 2. 화** ⌐

오늘부터 검은 수도복 착용. 미사 후 묘지로 올라가 함께 기도를 바치니 더욱 엄숙한 마음이 되네. 국화 향기 가득한 묘소에서 먼저 떠난 수녀들의 웃음소리를, 그들의 충실했던 삶의 이야기를 들어본다. 언제 나 혼자서 다시 올라가야지.

⌒ **2021. 11. 6. 토** ⌐

오늘은 글방을 좀 더 정리하고, 침방으로 들어와 주섬주섬 가방 안에 여행에 필요한 옷가지와 세면도구를 넣으니 하도 오랜만이라 설레기도 하네.

오전엔 7살 유치원 어린이들의 시화전을 둘러보고 10개 정도 잘된 것들을 골라주었지.

⌒ **2021. 11. 8. 월** ⌐

오늘은 내가 역사적인 휴가를 시작하는 날. 오전 9시 36분 KTX로 가 서울역에 내리니 서울 지구 수녀들이 마중을 나와 주어 내게 힘이 되었지. 추억이 서려 있는 315호실에 여장을 풀고 나의 일정을 시작한다.

수녀원 창고에 둔 나의 짐부터 천천히 정리를 하고…… 현관 입구에 있는 '아나바다' 코너에 들어가 내가 쓸 수 있는 액자들과 헝겊 가방 등등을 챙기고…… 나는 곧 '움직이는 선물의 집'으로 활동을 시작할 것이다.

⌒ 2021. 11. 9. 화 ⌒

미국에서 온 김희림 자매랑 같이 길상사 진영각에 가서 법정 스님 영정에 인사드리고 사무실에 가서 차 한잔 나누고 집으로 왔다. 내가 스님의 편지들을 일부 기증은 하였으나 기념실 안에 편지가 두 통이나 액자에 끼워 전시되어 있었지. 마스크를 했는데도 나를 알아본 불자들과도 더러 사진을 찍고 인사를 나누었음.

⌒ 2021. 11. 18. 목 ⌒

"넓은 하늘로의 비상을 꿈꾸며"
– 이해인의 시 〈작은 노래 2〉 중에서

오늘 치르는 수능에 이 구절이 수험생의 필적 확인 문구로 채택되었다고 여기저기서 축하 문자를 많이도 받았음. 길상사에 잠시 들른다고 하니 JTBC에서 8시 뉴스에 쓰기 위해 내 목소리를 녹음해 갔다. 너무도 급하게!

〈 2021. 11. 25. 목 〉

오늘은 인구(요셉) 오빠의 1주기이고 세실리아 숙모님이 돌아가신 날이기도 하다. 오빠의 사진을 책상에 두고 기도의 향을 피우는 마음. 간밤엔 내가 무척 아름다운 꿈을 꾸었지. 길 위의 순례자에게 적합한 것 같은 고운 꿈! 내용은 다시 내 기억을 끄집어내도록 해야겠다. 오늘과 내일, 집 안에서 남은 휴가 이틀을 사용하기로 하니 보너스 받은 느낌!

〈 2021. 11. 29. 월 〉

동생 집에서 내가 들고 온 어머니의 주민등록증+건강보험증을 옆에 두니 만감이 교차하네. 어머니가 살아서 말을 건네오는 것 같기도 하고!

짧은 시에 많은 내용을 담기가 결코 쉽진 않으나 기도하면서 12월 8일에 읽을 서울대교구장 정순택 주교님을 위한 축시를 쓰려고 한다.

〈 2021. 11. 30. 화 〉

"그리스도 안에 모든 것을 새롭게 하는 사랑의 삶을 바로 지금 살게 하소서"라는 아침 식사 전 기도가 오늘따라 가슴에 탁 꽂히는 느낌! 바로 지금, 바로 지금! 11월도 오늘로 마지막이네. 하루 종일 비 내리는 날!

⌒ **2021. 12. 6. 월** ⌒

오늘은 산타클로스라 불리는 성 니콜라오의 축일! 어디서나 때에 맞게 작은 선물 나누기를 즐겨 하는 나에게 수녀들은 종종 '산타 수녀님'이라고 부르는데 그러한 별칭이 나는 마음에 든다. 진정으로 사랑을 나누는 산타클로스가 나는 되고 싶다.

⌒ **2021. 12. 12. 일. Gaudete 축일!** ⌒

기쁨! 하고 부르면 기쁨이 온다! 그래그래 자꾸자꾸 불러야만 온다. 부르기 싫어도 불러주어야 해. 기쁨에 대한 나의 짝사랑은 끝이 없는 길. 마침내는 짝사랑을 온 사랑으로 만들리라.

⌒ **2021. 12. 13. 월** ⌒

왼쪽으로? 오른쪽으로? 내내 망설이다 결국은 가지도 못한 어느 길! 비록 꿈이지만 많은 것을 생각하게 했다. 순간의 지혜와 결단이 필요할 땐 용감하게 해야 되는데, 늘 망설이는 것에 길들어지면 곤란한 일!

⌐ 2021. 12. 23. 목 ⌐

시간 시간이 조용히 사라지는 모습이 내 눈에 보이는 요즘! 아직 읽을 책도 많고 생각할 것도 많고 해야 할 기도도 밀려 있는데……! 숙제가 너무도 많은데……!

요즘은 왜 그리 엄마 생각이 더 많이 나는지! 엄마가 그토록 큰 그리움일 줄은 시간이 지나면서 더 새롭게 살아오네.

⌐ 2021. 12. 24. 금 ⌐

메모지에 적어둔 '해야 할 일들' 시작도 못 한 채 또 한 해가 가버리는 아쉬움도 예수 아기의 가난해서 더 풍요로운 큰 사랑 안에 봉헌하는 기쁨! 성탄 시기가 되면 감옥에서, 일터에서 몸+마음이 많이 아픈 모르는 이웃들이 도움을 청하는데 내가 해준 것은 그냥 소박한 관심, 따뜻한 말씨와 기도뿐이어도 그들은 감동을 하니 나는 그저 감사할 뿐이다.

⌐ 2021. 12. 26. 일 ⌐

무엇이든 나누길 좋아하는 나를 보고 어떤 선배님은 할 일도 많은데 그리하지 않아도 된다고, 집 안에 있는 이들까지 그리 챙기는 건 오히려 피곤하지 않느냐고 묻는다. 내 기쁨이고 취미라고 대답하면서 문득 드는 생각은— 나도 조금 절제를 해야겠구나. 청하지도 않는데 계속 일방적으로 챙기면 부담스러울 수도 있겠다는 생각! 더구나 물질적으로 풍요로운 시대를 사니 '아쉬운 것'이 없기에 더욱 그러하긴 하다.

⌒ 2021. 12. 27. 월 ⌒

지인들이 보내오는 포르투갈 케이크도 먹어보고, 일본 과자도 먹어보고, 남아공 브라질 차도 마셔보고……. 가난하게 오신 예수님 생일에 우리는 화려하게 축제를 즐기고 먹을 것도 많으니 왠지 미안한 마음! 공동체 주방에서도 대축일마다 어찌나 신경을 많이 쓰는지 후배들의 수고에 늘 미안하다!

⌒ 2021. 12. 29. 수 ⌒

간밤 꿈에는
내내 승강기를 찾아
오르내리고……!
무엇을, 누구를
그리도 찾아다니는 건지!

시 찾아보기

시 찾아보기

꽃잎 한 장처럼

오늘을 살아가는 당신을 위한
이해인 수녀의 시 편지

1판 1쇄 발행 2022년 2월 28일
1판 12쇄 발행 2024년 10월 31일

지은이 이해인
펴낸이 김성구

책임편집 고혁
콘텐츠본부 양지하 김초록 이은주 류다경
디자인 이영민
마케팅부 송영우 김지희 김나연 강소희
제작 어찬
관리 안웅기

펴낸곳 (주)샘터사
등록 2001년 10월 15일 제1-2923호
주소 서울시 종로구 창경궁로35길 26 2층 (03076)
전화 1877-8941 | 팩스 02-3672-1873
이메일 book@isamtoh.com | 홈페이지 www.isamtoh.com

© 이해인, 2022, Printed in Korea.

이 책은 저작권법에 따라 보호를 받는 저작물이므로 무단 전재와 복제를 금지하며,
이 책의 내용 전부 또는 일부를 이용하려면 반드시 저작권자와 ㈜샘터사의 서면 동의를
받아야 합니다.

ISBN 978-89-464-2205-6 03810

• 값은 뒤표지에 있습니다.
• 잘못 만들어진 책은 구입처에서 교환해 드립니다.

샘터 1% 나눔실천
샘터는 모든 책 인세의 1%를 '샘물통장' 기금으로 조성하여 매년 소외된 이웃에게 기부하고 있습니다.
2023년까지 약 1억 1,200만 원을 기부하였으며, 앞으로도 샘터는 책을 통해 1% 나눔실천을 계속할 것입니다.